譫言のように繰り返しながら、熊五郎は何度も乳首を食んだ。
唾液で湿ったそこに熱い息が掛かって、さらにまた吸われてと、
それを交互に休みなくされてしまう。
JN211641

可愛い彼は付喪神さま

chi-co

LiLiK Label リリ文庫

本作品はフィクションです。
実在の人物・団体・事件などには一切関係ありません。

Contents

イラスト／すがはら竜

序章

「うわっ、なんだよ、これぇ……」

頭の上に落ちてきた古い手作りの凧《たこ》を手に、湊《みなと》は大きな溜め息をついた。掃除くらい一日で終わらせてやると高をくくっていたが、どうやら事はそう簡単にいきそうにない。

「……これ、じいちゃんが作ってくれたやつだっけ。そっか、こんなとこにあったんだ」

とっくになくなったか捨てたかしたと思っていたが、こんなふうに思いがけなく思い出のものが出てくると胸が温かくなった。

望月《もちづき》湊は、今年の春大学に進学した。東京《とうきょう》の大学なので初めての一人暮らしも始まり、学業と家事とバイトで、毎日目まぐるしく時間が過ぎていた。

大学生になればもっと自由な時間ができ、きっと恋人もできて毎日楽しいに違いないと漠然《ばくぜん》と考えていたものの、今のところまったくそんな気配はない。むしろ、選択した学部は男の割合が多く、童顔で女顔の湊を一種のアイドルのように持ち上げてくるのが鬱陶《うっとう》しいくらいだった。

そんな中、湊は母から夏休みに夏休みに帰省するように連絡を受けた。空いた自室を掃除しろと言われたのだ。

祖父の家だった実家は古く、湊の部屋も和室だった。それが、このたび母が百万ほどの宝くじに当たったたらしく、少しだけリフォームするらしい。

ちょうど都合良くというか、湊的には残念なことにバイト先の居酒屋もリニューアルするために十日ほど休みになってしまったので、しかたなく実家に帰ったが、到着してすぐに掃除機と雑巾《ぞうきん》、バケツとゴミ袋を押しつけられた。

どちらかと言えば大雑把《おおざっぱ》な湊は、なんでもかんでも押し入れに突っ込んでいたので、その整理整頓だけでもなかなか進まない。

「……沙紀《さき》に手伝わせるか」

中学一年生の妹は、部活動からまだ帰っていなかった。きっと小遣いを請求されるだろうが、一人でするよりはずっと作業が進むかもしれない。

その前に少しでもあるものを把握しておいた方がいいかと、立ち上がった湊は勉強机の椅子を引っ張ってきて天袋を開けた。もしかしたらここは空っぽかと思っていたが、生憎《あいにく》ぎっちりと物が押し込められている。

「……」

思わず零《こぼ》れそうになる溜め息を押し殺し、湊は中の物を取り出していった。

元々、湊たち一家は隣県の父の社宅に住んでいた。

休みのたびに祖父の家に遊びに来ていたが、一人暮らしの祖父が体調を崩してしまったため、父が転勤願を出して同居するようになったのは湊が十歳になったころだ。

広い家は遊びが甲斐《がい》があって、幼馴染《おさななじみ》と駆け回って遊んでいたのは今でも覚えている。祖父はいつもにこにこ笑って、そんな湊たちを見ていた。

ふと、元気だったころの祖父のことを思い出してしまい、湊は懐かしくも寂しくなる。

祖父が亡くなって時間がたっても、湊はいつも、温かな祖父の存在を感じていた。

「なんでこんなもの……」

ビニール袋いっぱいのどんぐりや、ソフトビニール製の怪獣たち。ゲームのソフトに、古びた漫画雑誌。

どうして捨ててないんだと過去の自分を恨みながら黙々と手を動かしていた湊は、ふと一番奥に目を向けて首を傾げた。明らかにガラクタとわかるものとは違い、風呂敷のような布に包まれているもの。

薄暗い天袋の中でははっきりとわからず、思い切り手を伸ばしてそれを引き出してみる。思いがけず重いそれは、外に出して風呂敷を解いた時初めて何かがわかった。

「……熊？」

それは木彫りの熊だった。天袋の中にあった時は横にされた状態だったらしく、きちんと立てると高さが五十センチ近くもある。よく見る土産物の、鮭を咥《くわ》えている姿とは違い、仁王立ちのその熊はかなり精巧に作られているように見えた。

もちろん、湊自身が買ったものではない。もしかしたら、祖父の物を母が勝手にここにしまっておいたのかもしれない。

「……ったく、これだから荷物が増えるんだよ」

人のことはさておき、湊はそう呟《つぶや》いてそっと木彫りの熊に手を伸ばした。手触りもよく、色も年季が入っていて綺麗《きれい》だ。

一瞬、その手の感触に妙な気持ちになり。まじまじと熊を見たものの骨董《こっとう》に興味があるわけでもない湊は、すぐにそれへの興味をなくした。自分のものでないのなら、一応母に聞いてから処分するだけだ。

「湊〜、賢《けん》ちゃんが来たわよ」

「賢哉《けんや》？」

ちょうどその時、一階から母に呼ばれた。三軒隣の幼馴染がやってきたらしい。

勉強が嫌いだからと消防士の試験を受け、それに合格して、結局消防学校に行って勉強しなければならないと叫んでいた。

寮生活と言っていたが、どうやら今日は自宅にいたようだ。

「お〜い、湊〜」

階下から、懐かしい声が名前を呼ぶ。

「今行くっ」

久しぶりの幼馴染との再会に、湊の頭の中からは片付けのことはもちろん、天袋から出てきた木彫りの熊のことも綺麗さっぱりと抜け落ちてしまった。

第一章　ある日、熊さんに出会った

「湊、片付けは終わった？」

「……まだ」

「明日は終わるの？」

「……」

「湊」

「母さん、みーくんだってちゃんとやるよ、な？」

「……うん」

幼いころから一貫して《みーくん》と呼ぶ父は、怒ると怖い肝《きも》っ玉な母とは違い、いつだって穏やかで優しい。ただし、いつまでたっても湊を幼稚園児のように思っているのではないかと感じることもしばしばあった。大体、中学生の妹と同列で、「可愛い、可愛い」と頬ずりするのはおかしくないか。

「とにかく、さっさとやってしまいなさい」

「は～い」

風呂からあがって部屋に戻った湊は、かろうじて空いたスペースに布団を敷いた。一応部屋は八畳あるが、今は押し入れと天袋から出したガラクタでほぼ三分の二は埋まってしまっている。

「……片付くのか？」

一向に終わりが見えない気がしたが、今日は久しぶりの帰省でなんだか疲れてしまった。こういう時は、さっさと寝るにかぎる。

一人暮らしを始めてからは日付が変わってから寝ることが多かったが、懐かしい雰囲気に包まれたせいか、布団に横たわった途端《とたん》、湊はすとんと眠りに落ちてしまった。

狭いアパートとは違い、久しぶりに手足を伸ばして気持ちよく眠っていた湊だが、不意に肌寒さを覚えて身を震わせた。

（さ……む……）

夏とはいえ、都会の蒸し暑さとは程遠いさらりとした空気のせいなのだろうか。

朧《おぼろ》げな意識の中、そんなことを考えながら寝返りを打とうとしたが、なぜか身体は動かない。それればかりか、息苦しいほどの重さを感じ、湊の意識は急速に覚醒《かくせい》に向かっていった。

「……な……に？」

少しだけ隙間が空いていたカーテンの向こうから、月明かりが部屋の中に差し込んでいる。

真っ暗なはずの部屋の中は、そのせいか意外にもはっきり目に映った。

「！」

何かが、湊の身体の上に伸し掛かっていた。布団の上からではない、布団の中の、湊の身体の上に直に乗っているのだ。

恐怖のために咄嗟《とっさ》に目を閉じてしまったせいでそれが何かはわからないが、向こうも湊が起きたことに気づいたらしい。身体の上で身じろぎをされ、ひんやりと冷たい感触が剝《む》き出しの腕や足に触れた途端、湊は咄嗟に声を上げた――いや。

大きな手で口元を押さえられ、湊は叫ぶこともできない。

声が出せないと悟った湊は、恐る恐る目を開いた。

（……な……んだ？）

最初に映ったのは、夜目にもわかる綺麗な目の光だった。次に、肌に触れている長い髪、そして、顔の造形が目に飛び込んできて、そこで相手が若い男であるとわかった。

強盗目的か、それとも変質者か。どちらにせよピンチが続いていると身体が硬直してしまった湊の耳に、低く響く耳触りのいい声が届いた。

「わしは、熊五郎《くまごろう》」

（……は？）

「わからんか、湊。わしは熊五郎。今日、お前が陽の光の中に救い出してくれた木彫りの熊だ」

木彫りの熊と言われ、湊の視線は無意識に部屋の隅に置かれたガラクタの山へと向けられる。木彫りの熊はその大きさと重さのせいで一番下に置いていた。

(……ある)

木彫りの熊は、そこにある。

「そう、あれがわしだ」

「……っ」

「ありがとう、湊。お前に感謝する」

そう言った男の顔が首筋に埋まり、まるで犬や猫がそうするようにぺろりと舌を這わされた。濡れたその感触に震えがきて、湊は思い切り身体を捩《よじ》ろうとする。しかし、伸し掛かってくる身体は大きく重く、簡単に振り払うことはできなかった。

「湊は甘い。甘くて、美味《うま》い」

(こ、こいつ……っ)

不審者、いや、どう考えても目の前の人物は変質者だ。

湊は鳥肌が立つのを自覚しながら、わざと身体から力を抜いた。こうすれば、もしかしたら相手に隙ができるかもしれない……そう思ったからだ。案の定、男は湊の抵抗が止んだと勘違いし、嬉しそうに目を細める。

「湊」

口元を押さえていた手が外れ、強く腰を引き寄せられる。その腿に硬い何かが押し当てられたのを感じた瞬間、湊は渾身《こんしん》の力を込めて膝を振り上げた。

「……えぅ……っ」

奇妙な呻《うめ》き声と共に、男の身体が布団の中にすっぽりと隠れる。上手く急所に当たったと弾けるように布団を捲った湊は、足元にごろんと転がった木彫りの熊を見て唖然《あぜん》とした。

「……夢?」

恐る恐る木彫りの熊を足先で蹴ってみたが、それは当たり前だが木の硬い感触だ。まさか、無意識のうちにこの木彫りの熊を抱いていたのかとも思ったが、それにしても首筋や腿に当たった生々しい感触がただの夢だとも思えない。

だとしても、不審者が煙のように消えるはずもない。

ぱっと先ほど熊があった場所を見たが、そこには――なかった。

「……はぁ?」

湊は布団の上に情けなく腰を下ろしたまま、しばらくの間木彫りの熊を見つめていたが、すぐに大きく息を吐いた。

「夢だ、夢」

妙なことなどあるはずがない。湊はさっさとそう結論付けると木彫りの熊を部屋の隅に押しやる。もう一度布団の中に潜《もぐ》り込んだものの、今度はなかなか寝付けなかった。


翌朝の目覚めは最悪だった。

久しぶりに実家の自室の布団で、手足を伸ばして惰眠《だみん》を貪るつもりだったのに、深夜の妙な出来事のせいでちゃんと眠れた気がしない。

「……」

じろりと視線を動かすと、部屋の隅に木彫りの熊は置かれていた。当たり前だ、あれはあくまでも置物なのだ。

湊は髪をくしゃっとかきながら部屋を出、顔を洗ってさっぱりとした。

「みーくん、おはよう」

「はよ」

日曜日なので、父も母ものんびりとして、妹の沙紀はまだ起きてきていないらしい。

湊の顔を見て朝食の準備を始めた母を横目で見ながら、湊は父に向かって言った。

「父さん、俺の部屋の天袋にさ、あれがあったんだけど」

「あれ？」

夢のことを思い出して変な言い方になってしまったせいか、父は不思議そうに首を傾げる。

しかたなく、湊はもう一度言った。

「木彫りの、熊。あれ、捨てていいんだよな？」

どう考えても自分のものではないし、昨夜のこともあって家の中に置き続けるのはなんとなく嫌だ。きっと、誰かの土産物だろうし、捨ててもなんの問題もないだろう。

「あれ、燃えるゴミ？　それとも資源ゴミに……」

「駄目よ」

どうやって捨てようかと続けた湊の言葉は、台所から顔を覗《のぞ》かせた母に遮られた。

「あれはおじいちゃんが大切にしていたものなの。捨てるなんて絶対に駄目よ」

「大切って、俺の部屋に押し込ん……」

「置かせてもらっていたの」

母はにっこりと笑い、父に話しかける。

「お父さんも覚えているでしょう？」

「ああ。確か、おじいちゃんが湊に見せて、それを湊が気に入って欲しいって言い出したんだよな？」

「俺が？」

まったく覚えていない湊は即座に否定しようとしたが、その一方で頭の片隅に木彫りの熊に抱きついていた微《かす》かな記憶が蘇《よみがえ》った気がした。

それでも昔のことだしと当惑する湊の顔を見て、母は呆《あき》れたように言葉を続ける。

「やだ、覚えていないの？　確か、その頃遊びに来たおじいさんの友達があの手の置物を集めている人で、ぜひ譲《ゆず》ってくれって言ったのよ、それを、『これみーくんの』って泣いて拒否したのはどこの誰かしら」

「え……お、俺？」

「やだ、それでおじいちゃん、あれを湊にくれたのに」

母が言うには、湊はなぜか祖父から見せてもらった木彫りの熊を気に入り、まるで電柱にとまった蝉《せみ》のようにずっと抱きついていたらしい。湊が三歳になるかならない頃に譲ってくれという話があった後は、滞在中毎日のように重い置物を引きずって歩き、寝る時も布団に一緒に入っていたそうだ。

母の話を聞いているうちに、湊も一時期自分がとても気に入った玩具があったことを思い出した。子供ながらに、あの迫力と艶やかな渋い茶褐色が格好良くて、それこそ本当の弟のように可愛がっていた。

（……そっか……）

そこまで思い出してしまうと、なんだか捨ててしまうことに罪悪感を感じる。いや、それ以上に今まで完璧に忘れていた自分自身に呆れた。

「あれって、結構古いものだったよな。百年以上だったたっけ？」

父の問いに母も、ん〜と考えている。

「ひいおじいちゃんが持ってたって聞いたけど、どのくらいなのかしら」

「百年以上だったらいいなあ」

妙に楽し気に言う父に嫌な予感がしたが、その理由を聞かずにはいられなかった。

「百年以上って、何か意味あんの？」

「だって、言うじゃないか。古い物には神様が付くって。付喪神《つくもがみ》だっけ？　あの熊にもそんな神様が付いているのかもしれないぞ」

「何言ってるんだよ……」

湊はすぐに打ち消して笑った。可愛いもの好きの父は、時々ファンタジーじみたことを言うのだ。

ただ、祖父が大切にしていたと聞き、自分自身にも思い出があるらしい物を捨てることはできなくなった。それでも、妙な夢のせいであれを自分の部屋に置いておくのはなんとなく嫌だ。

「じゃあ、父さんたちの部屋……」

「私たちの部屋は荷物でいっぱいだから。そのままあんたの部屋に置いておけばいいでしょ」

「……でもさあ」

「絶対、あんたじゃなきゃ駄目。決定」

湊は助けを求めて父を見るが、視線が合っても肩を竦めて苦笑されただけだった。

我が家の大黒柱だというのに母の尻に敷かれている父には決定権がないにも等しい。

ただ、こんなにも強く言われるものなのかと。出て行った身の肩身の狭さを痛感してしまった。

「……しかたないか」

また天袋に入れておけばいいだろう。

湊はそう気持ちを切り替え、今日中に部屋を片付けようと心に誓った。

だが、予定はあくまでも予定だった。

今夜寮に戻るという賢哉に連れ出され、湊と同じように帰省していた高校時代の友人たちと遊んでしまい、結局家に戻ったのは午後八時を過ぎた頃だった。

お帰りと言った母の目が笑っていないことに気づいたものの、明日は絶対に掃除をするからと下手に出た湊は、そのまま風呂に入って部屋に戻る。

「あ」

すると、すぐにあの木彫りの熊が目に入った。昨夜のことは夢だが、あまり気持ちのいいものではなかった。少しだけ薄気味悪いものを感じてしまい、風呂敷に包み直して天袋に戻した。こうして視界から外れれば一安心だ。

そうすると、急に眠気が襲ってきた。昨夜はしっかりと寝られなかったし、昼間遊んだせいか身体は疲れている。

時間はまだ午後十一時を過ぎたくらいだったが、さっさと寝ることにした。

(今日は変な夢なんか見ないよな)

目を閉じた湊は、自覚しないままますとんと眠りに落ちた。


『じーじ、これ、みーくんちょーだい』

『湊は、この熊が気に入ったのか?』

『うんっ。きれーでしょ?』

『綺麗か。じーじには格好良く見えるがな。……よし、これは湊にやろう。可愛がってくれるなら、名前つけるか?』

『なまえ? ……えーと、えーと』

幼い自分が必死に考えているのを、大好きな祖父がにこにこ笑いながら見ている。

そんな自分たちの間には、でんと木彫りの熊が鎮座《ちんざ》していた。

……。

………。

…………。

（う……重……）

また、胸が重い。湊は唸《うな》りながら寝返りを打とうとしたが、身体はまったく動かなかった。それればかりではない、耳元ではまた、憎らしいほどいい声が何度も囁いてくる。

「湊……湊」

（……これ……）

頭のどこかで、またかという思いが過《よぎ》った。昨日は夢だと結論付けたが、今夜もまたそうなのか。

普段から寝起きがいいわけではないのに、その時の湊は驚くほどぱっちり目を覚ますことができた。

「……」

「……」

「……あんた……」

「湊」

布団の中、湊の身体の上に、その変質者は覆いかぶさっていた。まるでデジャヴだと思ったが、さすがに二度目なので驚きよりも不審な思いの方が勝る。

「誰だ、お前」

寝起きとは思えないドスの利《き》いた声で問い詰めると、その変質者はおもむろに布団の中から起き上がった。必然的に湊の上からも掛け布団が外されてしまい、しかたなく自分もその場に胡坐《あぐら》をかく。

「お前……いや、待て」

薄闇の中では顔もはっきり見えない。湊は立ち上がり、電気の紐《ひも》を引っ張った。

明るい照明の下にいたのは、間違いなく男だった。しかし、その風体はおよそ普通と言えるものではなく、湊は数歩後ずさりながら身構える。

湊に合わせるかのように立った男は、軽く頭一つ分以上湊より背が高い。見上げるという屈辱的な体勢の中見た顔は嫌味なほど整った、いわゆる超絶イケメンだ。

少し茶色がかった湊の髪とは違い、黒髪は背中近くまである長さで、一見してスタイルもよさそうだ。はっきりいいと言えないのは、男の服装のせいもある。

「……なんだ、その格好……」

焦《こ》げ茶の着物は胸元が少しだけはだけていて、多分艶っぽいという言葉が一番合うと思う。だが、今の湊に男の容姿も、ましてや着物姿など、怪しさ満載としか見えない。

「どこから入った？　強盗か？」

携帯電話は枕元にある。それに手を伸ばしていつでも警察に連絡できる状況に内心安堵《あんど》しながら、湊はもう一度相手を問い詰めた。

「何も取っていなくても、明らかに住居不法侵入だ。警察呼ぶからおとなしくしてろ」

「湊」

男の口から出てくる自分の名前に、湊は不快感を隠さなかった。

「俺の名前、どこで知った？　……まさか、うちを故意に狙ったのか？」

表札には名字だけで、近所の人間でもなければ息子である湊の名前までわかるはずがない。

それに、ほどよく田舎のこの町内の人間は大体知っているが、こんな男の存在は今まで知らなかった。

湊が上京してから住み始めたのだろうか。

それにしても名前を知られているという不気味さはやはり拭えなかった。

「俺の名前……」

「わしは、熊五郎だ」

「……それ」

確か、昨日も名乗られた気がする。

「……昨夜も侵入したのか」

夢だと思い込もうとしたことが間違いだった。

やはりすぐにでも警察に電話をした方がいいかと思ったが、男から視線を逸らした隙にいきなり携帯電話を持った手首を強く握られてしまった。

「うわっ」

「わしの話を聞いてくれ、湊。わしは、あの木彫りの熊に付いている付喪神だ」

付喪神と言われ、反撃しようとした湊はふと動きを止める。なぜか、今朝父が言っていたことが頭を過った。

「付喪神って、古い物に神様が付くっていう……」

「そうだ」

嬉しそうに言い、その男は湊の髪に顔を埋めてきた。

「湊が幼いころ、わしの身体を何度も撫でてくれただろう？　その手の優しさで、わしは生まれた」

「俺が？」

「覚えていないか？」

「……ない」

言い切った湊は男の身体を強引に押し退けた。

本当は、少しだけそんな記憶が残っていたものの、思い出の中の木彫りの熊と目の前の男は同一ではない。あくまでも変質者だという目で見据えると、男は切れ長の目を切なそうに細めた。

「わしは、お前の祖父の清《きよし》と曾祖父の忠《ただし》に代々可愛がられてきた。お前の父である新《あらた》も遊んでくれたが、あ奴はもっと可愛らしいものを好いとってな。熊であるわしのことはすぐに忘れてしまった。そんな時、清がお前にわしを見せた。お前はわしを褒めてな、穢れのない幼子の手でたっぷりと愛でてもらい、ようやっとわしは付喪神になった。わしら《物》は、人間の愛情で付喪神になれるんだ」

「……っ」

そう言いながら男の手が伸びてきたのを、湊は身を引くことで避ける。いったい何を言っているのか。即座に警察に通報することは簡単だったが、頭のどこかに話を遮ってもいいのだろうかという迷いもあった。

「だが、物心ついたお前はわしに情を注ぐことをしなくなった。忠が死に、清も死んで、お前がわしという存在を忘れてしまってからはずっと人間の愛情が目減りした。もう、付喪神としての寿命も尽きて、このままただの《物》に戻るのだろうと諦めておったが……」

「うわっ」

いつの間にかするりと回り込まれていたのに気づくと同時に、湊は男に強く抱きしめられていた。

「ちょ、ちょっと、離せってて」

力を込めて押し返そうとするものの、男の力はまったく緩まない。広く厚い胸に顔を押しつけられた状態で、湊は焦《あせ》ってもがいた。男相手に、こんなふうに抱き合う体勢になるなんて悔しくてたまらない。

「湊、お前はやはりわしにとって得難《えがた》い人間だ。よく……よく、今、帰ってきてくれた」

少しだけ、涙声に聞こえるのはきっと気のせいだ。

男の言葉の響きには真摯《しんし》なものはあるし、その目の中に湊への敵意は感じ取れない。

だが、だからと言って今の話をすべて鵜呑《うの》みにすることはできなかった。昔から不思議な現象が大好きな万年少年の父とは違い、湊は自他共に認める現実主義だ。目の前の男が付喪神と言われるより、変質者と言われた方がずっと真実味がある。

大体、夜中に人の部屋に無断で侵入してきた着物姿の男に対し、「へえ、付喪神だったんだ」なんて、納得できる人間がいるとはとても思えない。

湊は改めて男を見上げる。

嫌味なほど整った顔をしているのに、変質者なんて残念な男だ。

「……離せ」

「湊」

「離さないとすぐに警察に電話するぞ」

重ねて言うと、男はようやく腕の力を緩める。それでも完全に離す気がない様子に、湊は大《おお》袈裟《げさ》に溜め息をついてみせた。

「いったい、どこでじいちゃんたちの名前を聞いたのか知らないけど」

大好きな祖父や父に関係する人間として、目の前の男に会ったことがあるだろうか。微塵《みじん》も覚えがない。それでも、万が一ということもある。

「このまま出て行くなら、警察には言わないから。ほら」

襖《ふすま》を指させば、男が悲し気に男らしい顔を歪めた。

「湊、わしを見捨てるのか？」

「人聞きが悪いことを言わないでくれ。俺はあんたを知らないってば」

「このままでは人型を保つ気を失い、わしの付喪神としての寿命が尽きてしまう。湊、わしが付喪神でいられるには、お前の愛情が必要だ」

あまりにも重いことを言われてしまい、一瞬だけ湊は絆《ほだ》されかけた。しかし、どう考えても、今のこの世にお化け……本人は付喪神だと言い張っているが……が存在するわけがない。

(話、合わせた方がいい……か)

変な相手には、それなりに話を合わせながら出て行く誘導をした方がいいかもしれない。

「あ、あんたと俺が顔見知りって証拠、あるのか？」

あるはずがないと思いながら言えば、男は自信たっぷりに頷《うなず》く。

そして、その場に胡坐をかいたかと思うと、右足を突き出してきた。

(……自慢か？)

足が長いことを自慢しているのかと眉を顰《ひそ》めたが、その足の裏に何か書かれているのが見えた。マジックのようなもので、多少掠れているものの、読めないことはない。ただ、それはどう見ても小さな子供が書いたようなヘタクソな字だ。

「……く……ま、ころ？」

「お前が書いてくれた」

「はぁ？」

まったく覚えがない。それより、足の裏にまで変な工作をしている相手が怖くなり、湊は穏便《おんびん》に済ませようと考えていたにもかかわらず思わずきつく言ってしまった。

「とにかく、出て行け」

「出て行かない」

「おい」

「わしの名は熊五郎だ」

「……」

埒《らち》が明かない。

湊はそう結論付け、手にしたままの携帯電話で番号を押そうとする。もちろん、相手は警察だ。

深夜に騒ぎを起こすなんてと両親には叱られてしまうかもしれないが、もっと早くこうしていたらよかったかもしれない。

「今警察が来るか……」

湊の警告の言葉は最後まで言うことができなかった。その前に、伸し掛かってきた男にいきなりキスされてしまったからだ。

（ちょ……っ）

咄嗟に口を引き結んだものの、一瞬早く舌が侵入してくる。己の意思に反するその行為に、湊は反撃しようとその舌を噛もうとした。

だが――。

「あ……ぁ……」

驚くほど急激に身体から力が抜けてしまい、足から崩れ落ちてしまう。いや、その前に逞《たくま》しい手が腰を支えたような気がしたが、湊がそれを確かめることはできなかった。

「……ぁ……れ？」

目元に眩《まぶ》しい光を感じ、湊は何度か瞬きをして目を開いた。真上に見えたのは見慣れた天井で、なぜか無性に安堵した。

記憶はないが、昨夜はちゃんと布団で眠っていたらしい。

「……はぁ」

（……あれ、やっぱり夢だったのか？）

自分は木彫りの熊で、付喪神だと言い張った変質者のイケメン。あの男を追い出そうとしているうちに記憶がぷっつりと途切《とぎ》れてしまったが、あれが夢の中のことだと思えば納得できる。

（俺……案外想像力あるな）

国語の成績は普通だったが、あんな空想力を持っていたとは自分でも意外だった。

それでも、あれが夢で本当に安心した。湊は一度布団の中で背伸びをし、思い切って布団から起き上がった。

「……夢か？」

起き上がった視線の先、出入り口である襖の前で、あの変質者が胡坐をかいて座っていた。

「おはよう、湊」

湊が起き上がったのを見て、男は嬉しそうに声を掛けてくる。それには答えず、湊は黙って窓の外を見た。

外は明るく、今が夜ではないと教えてくれる。では、目の前にいる男はなんなのか。白昼夢《はくちゅうむ》でなければやっぱり変質者だ。

素早く視線を走らせて携帯電話を探すが、見た限りでは近くにない。

男を振り切って部屋から逃げ出すにしても、出入り口の前に座っているせいで振り切るのは無理そうだ。窓から逃げるとか、いくらなんでも漫画のようなことを簡単にはできず、湊は自分が今どんな行動を取ればいいのか必死に考えた。

「湊」

湊の内心の修羅場《しゅらば》とは裏腹に、男は能天気に笑いかけてくる。その顔にはやはり、湊に対する敵意は見えなかった。

（……とにかく、部屋から出るのが最優先だな）

一階に下りれば電話もあるし、両親もいる。母や妹を危ない目には遭《あ》わせられないが、頼りなくても父は戦力になるはずだ。二人がかりなら、この大柄な男を押さえつけられるかも、しれない。

どちらにせよ、部屋の中で睨《にら》み合っていてもしかたがなかった。

「下に行く」

「わかった」

意外にも、男は簡単に同意して立ち上がる。その表情の中に焦りの色はまったくない。

それでも湊は慎重に布団から起き上がり、男の存在を全身で意識しながらゆっくりと部屋を出た。

「……」

階段を下りる湊の後ろを、男も当然のようについてくる。もう少し焦るとかしてもいいように思うが、変質者ならその辺りの感情は欠如しているのかもしれない。

そのままリビングに向かった湊は、新聞を読んでいる父の姿を見た途端叫んだ。

「父さんっ、警察に電話！」

「みーくん？」

突然大声を出した湊を、父が驚いたように見る。その視線が、湊からその後ろに確実に移ったことを感じ、これでようやく変質者をどうにかできると思った。

しかし、

「君は……熊五郎さん？」

父は新聞を置き、立ち上がる。だが、なぜかその目は興奮に輝いていた。

「と、父さん？」

「凄《すご》いぞ！　夢の中で見た姿のままだ！」

そう言って足早に近づいてきた父は、唖然としている湊の横をすり抜け、その後ろに立っている男の手を両手で掴むと、ぶんぶんと大きく揺らしながら握った。

「新か」

「そうです、新ですっ。いやあ〜、本当に付喪神さまがいるなんて、感激ですよ！」

ごく自然に父の名前を呼び捨てにする男と、そんな男の存在に興奮している父の姿を交互に見ながら、湊はこの状況が理解できなかった。

熊五郎というのはこの男が名乗った名前だが、湊は父の前でその話をした覚えはない。それなのにどうして父は名前を知っているのだろうか。いや、もっと気になるのは、父がこの男を《付喪神》だと言っていることだ。

「父さ……」

訳のわからない状況を説明してほしいと思った湊だが、その前に台所から顔を覗かせた母の姿に一縷《いちる》の望みを抱いた。

「母さん、こいつ……」

「まあっ、この人が熊五郎さんっ？」

父以上に目を輝かせた母は、男に駆け寄って満面の笑顔で父からその手を奪った。

「初めまして、私」

「亜沙子《あさこ》だな」

「亜沙子だなんて……」

嬉し気に頬を染める母の姿なんて見たくない。

呆れたせいか、湊はようやく冷静になった。

信じられないことだが、両親はこの男のことを知っているし、この男も両親の顔ばかりか名前まで把握している。それだけを考えても、ただの変質者と切って捨てることはできなくなった。

「父さん、こいつのこと……知っているのか？」

母に押し退けられた父にそっと尋《たず》ねると、反対に驚いた顔をされてしまった。

「お前だって知っているだろう？　じいさんの大事なあの木彫りの熊に付いた付喪神さまじゃないか」

「付喪神って……」

本当にそんなことを信じているのかと驚いたが、父はまだ興奮が収まらない様子で湊に言った。

「夢の中に現れた時はよくできた夢だと思ったけれど、こうしてそのままの姿で目の前に現れたんじゃ信じるしかないだろう？」

「夢の中？」

「ああ。今朝も母さんと話していたんだ。二人そろって同じ夢を見るなんて……いやあ、まさか本当にこんなことが起こるなんてなあ」

「父さん……」

どうやら、父は夢と現実を一緒にして、あっさりとこの男を受け入れてしまっているらしい。子供じゃあるまいし、まずは疑ってかかれと言いたいが、この状況で湊が口を出しても興奮している両親を説得できそうにない。

「付喪神さまが言っていたようにみーくんを呼び戻したから、こうして姿を見せてくださったんだなぁ」

「……ちょっと、それどういうこと？」

聞き捨てならないことを耳にした。付喪神……父が言うには目の前のこの男が、湊を呼び戻すように父に言ったらしいのだが、それはどういうことだろうか。

「ここ一カ月の話だったかな。夢の中に何度も付喪神さまが現れて、みーくんを呼んでほしいと言われたんだ」

父が言うには、夢の中に現れたその付喪神と名乗る男は、付喪神としての寿命を保つために湊の《気》と《愛情》が必要だと訴えたらしい。はじめはただの夢だと思っていた父も、母が同じような夢を見ていると知り、それが頻繁《ひんぱん》になるにつれて妙に気になったらしい。

そこに、宝くじの話があり、自然と湊を呼び戻す話になったようだ。

「それがじいさんと父さんの血を引くお前じゃないといけないというのも不思議な話だよ」

すっかりこの異常な事態を受け入れている父は、湊の頭を子供のように撫でてくる。

「必要とされているんだよ、凄いぞ、みーくん」

（……駄目だ）

もう父は頼りにならない。昔から不思議な現象を信じている父は、この状況をむしろ楽しんで、いや、嬉しがっているのに違いなかった。それに、イケメンに弱い母も既《すで》に男の術中にはまっている。ちらりと湊の方へ視線を向け、嬉しそうに笑っている男の姿は、しめしめとでも言っているようだ。

この上、妹までも現れたら……そんな危機感を抱くと、最悪なことにリビングに響く挨拶《あいさつ》の声。

「おはよう……きゃあっ！　夢と同じ！」

「……」

妹の声に、湊はがっくりと肩を落とすしかなかった。

朝食を取りながらみんなが言うには、家族みんながひと月ほど前から男——熊五郎の夢を見ていたらしい。

熊五郎は己の正体を明かしたうえで、湊の《気》と《愛情》が必要なのだと訴えて、母がこの夏休みに呼び戻したという、なんとも言えない事情に次の言葉が出てこなかった。

大体、今自分の隣で同じように飯《めし》を食っている男が、木彫りの熊に付いた付喪神などと本当に信じる人間がいるということに呆れる。もちろん、いつの間にか部屋の中に現れたり、こうして何人もの人間に同じ夢を見せるという説明し難い現状はあるものの、だからといってお化け、いや、妖怪というのだろうか、そんなものが現実にいるはずがなかった。

そこまで考えると、両親が湊に何も言わなかった理由が嫌でも予想がついた。多分、不思議なことなど信じない湊にその夢のことなど言えば、意地でも帰ってこないと考えたのだろう。

湊がじろりと隣を見上げると、ちょうどこちらを見ていたのか、それともはじめからずっと見ていたのか、熊五郎と視線が合う。

「湊」

こんなにも嬉し気に、それもいい声で名前を呼ばれてしまうと言葉に詰まった。

「うわ〜、ラブラブ」

「沙紀っ」

囃《はや》し立てる沙紀を一喝《いっかつ》すれば、にこにこと満面の笑みを浮かべた父が言う。

「熊五郎さんはようやくみーくんと再会したんだ。嬉しくて当たり前だよなあ」

「そうねえ。湊、あんた夏休みはずっと家にいなさい」

「えっ、どうしてだよっ？」

「当たり前でしょう。熊五郎さんはあんたの気が必要なのよ。十日やそこらで足りるわけがないでしょう。それか、あの木彫りの熊をアパートに持ち帰ってもいいわよ。ああ、その方がいいかも」

「ちょ、ちょっと！」

狭いアパートに、あんなにも存在感のある木彫りの熊を置くなんてあまりにもシュールだ。友人だって遊びに来るし、その時湊の趣味を疑われる可能性だってある。

クローゼットの中に押し込んでおくという選択肢は不思議と頭の中に思い浮かばず、湊はどうにかして木彫りの熊を持ち帰らないようにすることしか考えられなかった。

「……で、でも、バイトとか……」

「それは、あんたがちゃんと説明しなきゃ。もう大学生なんだから。親が出て行くのはおかしいじゃない」

「と、父さん」

「みーくんならできるよな」

あっさり丸投げされ、湊はすっかり食欲をなくして箸《はし》を置いた。母がこれほど言うのなら、結局は受け入れるしかない。最悪、新しいバイト先を探す羽目になるかもしれないと思うと、熊五郎には敵意さえ湧いた。

（こいつさえ現れなければ……）

愛情を注がなければいけないというのに、このままでは反感しか抱けないかもしれない。

どちらにせよ、木彫りの熊の付喪神という、あからさまに怪しい男を湊が受け入れなければならないのは決定だった。

（愛《う》いな、湊……）

眉間に皺《しわ》を寄せても、こちらに睨むような眼差《まなざ》しを向けてきても、どんな顔だって湊はとても可愛い。口では拒絶したそうなことを言っていたが、再会した時の優しい手の感触は昔と少しも変わらなかった。

（ようやく、湊の側《そば》にいられる）

幼いころ、湊は何度も撫でてくれ、小さな腕で抱きしめてくれた。幼い子供からしたら怖いか、少しも可愛くない木彫りの熊を、綺麗だと褒めてくれた。それだけでも嬉しかったが、熊五郎は己の手で湊を抱きしめたいとずっと望んでいたのだ。

付喪神としての寿命が消えてしまうことを恐れるより、湊が己を忘れてしまうことの方が怖かった。

最後の力を振り絞り、湊の家族に訴えることができたのは本当によかった。

「みーくん、熊五郎さんのお世話をちゃんとするんだよ」

「面倒がらずにね」

「お兄ちゃんに掛かってるんだから！　熊五郎さんを絶対に大事にしてよっ」

両親の念押しに口を尖らせる湊に、妹がさらに厳命してくる。家族仲がいいことだ。

「あー……もう、煩《うるさ》い」

最後の言葉はとても小さく、多分隣にいる熊五郎にしか届いていない。しかし、その悪態も、側にいられるからこそ聞けるのだ。

（わしも、湊に可愛がってもらうために精一杯尽くさねば！）

溢《あふ》れるほどの愛情を注いでもらうために、熊五郎は自分ができる精一杯のことをしようと心に誓った。

第二章　熊さんが言うことには

湊は黙々と部屋の中を片付ける。

そんな湊の出したガラクタやゴミを、熊五郎がせっせと運び出していた。

猫の手よりは随分《ずいぶん》役に立つが、部屋の中に自分よりも大柄の男がいることが落ち着かず、湊はとうとう手を止めて熊五郎に言った。

「あのさあ、下に行ってれば」

一階にいるはずの両親ならば、飽きることなくこの男と会話できるはずだ。

「わしは、湊と一緒にいたい」

だが、熊五郎は即座にそう言い切る。

どう考えたってそこまで慕われる覚えはないのだが、熊五郎は妄信的に湊の愛情を欲しがっているのだ。

そもそも、湊はまだ熊五郎を付喪神だとは思っていない。容姿がいい変質者の位置からほぼ変わらないままで、その存在自体違和感が大きかった。

「……あんた」

「熊五郎と呼んでくれ」

「……」

「熊五郎だ」

「……あん」

「熊五郎」

「……熊五郎」

根負けしてそう言うと、熊五郎は本当に嬉しそうに顔を綻《ほころ》ばせる。イケメンの笑顔は威力がありすぎて、湊は圧倒されながらとりあえず会話を続けた。

「歳って、あるのか？」

外見は二十代半ばほどだが、自称付喪神ならば見た目と歳も違うのかと尋ねてみれば、湊が己に関心を持ってくれたと思ったのか熊五郎は弾んだ声で答えてくれる。

「わしは二百二十五歳だ」

「二百ぅ？」

「わしを作ってくれたのは猟師だ。冬の間の手慰みだったらしい」

その猟師が出来栄えのいい木彫りの熊を売り、それが回り回って、ある日湊の曾祖父、忠が手に入れたらしい。

湊は当然その曾祖父のことは知らないが、熊五郎が言うには随分大切にしていたそうだ。

「……だったら、俺よりもひいじいちゃんの愛情の方がいいんじゃないか？」

湊にとっては当たり前すぎる疑問だが、熊五郎は首を横に振る。

「その時は付喪神になるための年数が足りなかった。長年人間に大切にされ、可愛がられた物だけが付喪神になれる。わしにとってその時は、湊に触れられた時だった」

「そ、そうなんだ」

「だから、わしには湊の愛情が必要だ。湊だけが、わしに命をくれる」

「……」

なんだか思った以上に責任重大になりそうだ。

（い、いや、待てって、そもそも、俺は付喪神とか信じてないし！）

こうして話すことができ、触れることができる、どう見たって人間の男である熊五郎。付喪神だと言われても、やはり簡単に頷けない。己の融通の利かなさは自覚していたが、当たり前のことだと思う。

「大体、付喪神っていうけどさ、あんた何ができるんだよ？　不思議な魔法とか使えるのか？　それとも俺の頭の中とか覗けんの？」

湊の問いに、熊五郎は少し考えて答えた。

「わしができることは夢を見せることと、空間を移動できることくらいだ。後は誑かすことも

「……」

そう言いながらちらりと湊に視線を向けたものの、すぐに深い溜め息をつく。

「でも、湊にはなかなかわしの術は通じなかった」

「……」

「力も弱まっていたからな。こうして実体化できたのも、湊から気を貰ったおかげだ。本当に湊は得難い存在だ」

（……褒め殺しも得意みたいだな）

湊は熊五郎に気をやった覚えはないし、夢だって見なかった。家族は簡単に誑かされていると思うが、自分はといえばいまだ疑いの気持ちの方が強い。

結果的に今こうして側にいることを許してしまっているが、やっぱりこの男があの木彫りの熊だと信じることはできていなかった。

湊は熊五郎を見る。この暑さの中、汗一つかかずに着物を着こなしている男が部屋の中にいるのはやはり目障《めざわ》りだ。

「……よし」

「湊？」

立ち上がった湊を熊五郎が見上げてきた。

「外行こう」

「外？」

「あんたのその着物、動きにくいだろ？　服買いに行こう」

家の中には味方がいない。そう考えると、湊は熊五郎を外へ誘い出し、その上で男が人間であることを証明しようと考えた。仮に、熊五郎が本当に人間じゃないものだとしたら。自分たち以外の人の目には映らないのではないか。

(映ったら当然、そのまま追い出してやる)

どんな方法を使って家族の夢の中に現れたかはわからない。一番あり得る方法としては変な催眠術でも使ったのかもしれないが、今さら知ったところでどうしようもない。

「ほら」

とにかく、早く出ようと促すと、なぜか熊五郎が柔らかく笑った。

「な、なんだよっ」

「やはり、湊は優しいな」

「はぁ？」

「わしの衣のことを心配してくれているんだろう？」

「え、あ、いや」

結局はそういうことになるのかと首を傾げるが、いい方向に誤解しているのならこのまま連れ出せそうだ。

「……そうだよ、俺は心配してんの。ほら、行くぞ」


家族には内緒にと思ったが、階段を下りたところで父に捕まってしまった。

しかし、熊五郎自身が嬉しそうに湊と服を買いに行くと言ったので、父も上機嫌で小遣いをくれた。

それればかりか、少し離れた商業施設が固まっている町まで車で送ってくれたのだ。

「帰りも電話しなさい」

「うん、ありがと」

ありがたい言葉と共に父が帰り、湊は熊五郎を引き連れるように歩き始めたが。

「……」

「……」

「……」

「……」

ひそひそとした話し声と、痛いほどの視線。それらが明らかに自分たちに向けられているのを湊は肌で感じた。

（……やっぱ、こいつ……だよな）

湊はちらりと隣の男を見上げた。

身長で言えば湊の頭一つ分以上高く、体格だって倍近く違いそうなほど大柄で、珍しい着流しを着たイケメンの男。そんな、どう考えたって目立つ男が、歩いているのを見るなと言っても無理だろう。

湊なら、こんなふうに注目されたら内心狼狽《ろうばい》するだろうが、一見して熊五郎の表情は変わらない。むしろ、冷たいほど整った顔は人形のように無表情で、本当にどこかのモデルのように見えた。

こちらに向かって携帯電話のカメラを構えている子たちを一瞥もしない。そうすると写真など撮れなくなるのか、ただ呆けたように熊五郎を見つめているだけだ。

（全然、違う）

嫌になるほど湊に纏わりついていた家を出る前までの熊五郎と比較し、そのあまりのギャップに湊はただ呆れるしかなかった。

「……モデル？」

「え～、でも」

（モデルじゃない、不審者）

心の中で否定するが、それを口に出せば自分の方が奇異《きい》の目で見られるのは想像でき、湊は不本意ながらも黙り込むしかない。

元々、目立つことが好きではない湊にとっては、熊五郎と一緒に歩くだけでも苦痛なのだ。外に出ても大丈夫かと心配までしていたくらいだが、どうやらそれは間違いだったらしい。

（……って。あれ？　結句こいつの姿、みんな見えてるってことだよな？）

やはり熊五郎は人間だということかと、居心地の悪さを熊五郎に対する怒りへと変化させる。

すると、熊五郎は湊の不機嫌さを感じ取ったのか、長身の身体を屈めて顔を覗き込んでくる。

「気分でも悪いのか？」

「……」

心配してくれる熊五郎に対し無言を貫いていれば、周りから痛いほどの非難の視線を向けられてしまった。どうやら、湊が熊五郎を無視して苛《いじ》めているように見えているらしい。

「湊、大丈夫か？」

「……」

熊五郎が心底心配してくれているのが伝わってくる。

熊五郎がイケメンなのも、その格好が奇異なのも、それによって目立つのも、多分本人のせいではない。さすがに八つ当たりはよくないと思い直し、湊は足を止めて振り返った。

「……」

視線は熊五郎の方が上なのに、心なしか上目遣いで見られている気がする。そう見えるのに、切れ長の目元はやっぱり涼し気で、イケメンはどんな表情をしてもイケメンなのだと思い知ってしまった。

「……喉、渇かないか？」

何を言おうかと迷ったが、結局当たり障りのないことを口にする。だが、それだけで途端に熊五郎が嬉しそうに笑ったので、なんだかますます自分が大人げない真似をしてしまったと後悔するしかなかった。

「お茶、とか、それとも水の方が……」

気まずさを誤魔化《ごまか》すようにさらに言葉を続けようとした湊は、いきなり目の前を過った影に一瞬目を瞬かせた。

「あのっ、何かの撮影ですかっ？」

湊の前を堂々と横切ったのは二人の女子高生だった。

「デビュー、まだですよね？」

「名前、なんていうんですか？」

「これ、映画ですか？　それともテレビの撮影ですか？」

尋ねているのに答える暇さえ与えない女子高生の様子に、熊五郎も初めて表情を動かす。それがまた、女心をくすぐったらしい。

「あ、あのっ、握手してくださいっ」

どうやらそれは女子高生だけではなく、ちらちらとこちらの様子をうかがっていた他の女性たちも同様だったようで、あっという間に熊五郎は十人近くに囲まれてしまった。自然と外へ追いやられた形の湊も、唖然とするしかない。

それと同時に、湊は改めて熊五郎が自分たち家族以外の目にもちゃんと映る、むしろ特別なイケメンだと思い知った。

結果がわかってしまえば、このままさっさと自分だけ帰ってしまえばよかった。バスでも電車でも、湊は家に帰ることができる。熊五郎も、湊より若い女の子たちに囲まれた方が嬉しいだろうし、きっと鼻の下だって伸びているはずだ。

それを確かめたら、自分も動けそうな気がした。

しかし、再び視線を向けた湊は、女の子たちの集団から頭二つ分近く高い熊五郎の顔を見た時、なんとも言えない気持ちになった。

デレデレと崩れているはずの男の顔は厳《いか》つく硬く、むしろ近寄り難いオーラを纏っているようだ。興奮している子たちは気づかないかもしれないが、湊にはそれがあからさまな拒絶だとわかった。

その熊五郎の視線が湊のそれと合い、唇が動くのが見える。

湊。

(……くそっ)

捨て犬や捨て猫を拾う時はこんな気分になるのかもしれない。

「……熊五郎っ」

湊が呼ぶと、周りがざわついた。古風というか、少し変わった名前の持ち主は誰なのかと、無数の視線が彷徨《さまよ》うのがわかる。

「湊」

そんな中、まったく動じず、むしろ嬉し気な表情をして熊五郎は女の子の集団の中から強引に抜け出すと、湊の側に寄ってその腕を掴んできた。

「……行くぞ」

「ああ」

熊五郎って、え？

そんな疑問の声や視線を背中に感じながら、湊は熊五郎を引っつけたまま再び歩き始める。

「……あんたさあ、嫌なら嫌って言わないと」

「そうだな」

「まあ、嫌じゃなかったかもしれないけど……」

「湊以外に触れられるのは嫌だ。生々しい感情を受けるだけで疲弊《ひへい》する」

「……大変だな」

「わしは、湊だけがいてくれたらいい」

「そ、そういうことはいいからっ」

変な意味にも取られかねないと焦るが、湊にくっついている熊五郎はまったく意に介していないらしい。

(とにかく、さっさと買い物を済ませるしかないな)

口実のつもりだったが、容姿だけでも目立つ男にこの着流しは問題だ。

湊は目に入ったショップに入ると、適当なシャツとジーンズを手にして熊五郎に押しつける。

「ほら、着替え」

「……」

「なんだよ、気に入らないのか?」

今は好みなど言っている場合ではないと文句を言おうとした湊に、熊五郎は情けなく眉を下げた。

「これはどうやって着るのか?」

「……あ」

神様という設定は、かなり詳細に作られているらしい。さすがに店員の前で勝手に着ろと突き放すことはできず。湊は、しかたなく熊五郎と共に狭い試着室に入る。

「まずはシャツ」

適当に掴んだシャツを着せようと、湊は着物の衿元を引っ張って脱ぐように促した。熊五郎はまったく躊躇《ちゅうちょ》せず帯を解いて着物を脱ぎ捨てる。

「うわぁっ」

「湊？　どうした？」

「い、いや、なんでもないからっ、あ、先にこっち、こっち穿《は》いてっ」

（これ……褌《ふんどし》……？）

時代劇や、テレビの祭り中継でしか見たことがないそれは、確か褌だ。股間を隠し、尻たぶが見えるそれを身に着けただけの熊五郎自身は恥ずかしいと思っていないらしい。今でも使う人がいるとはいえ、こんなにも間近で見る褌は相当な迫力だった。

（あ、あれ、痛くないのか？）

ペニスをくるむように包んでいるそれが気になると同時に、大きさにも動揺する。くっきりとわかるそれは、湊の記憶の中でも他にないくらい大きい。同じ男として嫉妬《しっと》もするが、体格差を考えれば当たり前だと無理矢理己を納得させた。

褌の衝撃が収まると、次に気になったのは《毛》だ。容貌は涼やかなのに、足にも腕にも毛があった。毛深いとまでは言わないかもしれないが、それでも妙にアンバランスだ。

（……胸毛もある）

胸から臍《へそ》、そして褌へと続く下腹部にかけても毛がある。

「……」

「……」

「……熊だから？」

「湊？」

「な、なんでもないっ」

自分で熊五郎は人間だと言い張ったのに、熊に通じることを連想してしまったのが恥ずかしい。

「は、早く穿けって」

ぎこちない動きながら、湊に指図を受けて熊五郎はジーンズを穿いた。そうすると、すらりと長い足が際立つ。

続いてシャツを着るように言えば、シンプルなそれがまるでブランド物に見えてしまうほど格好良い。黒い長髪を無造作にかき上げている様はモデルみたいだ。

「湊、これでいいのか？」

「……結構……」

「ん？」

「あー……結構、似合うな、そんな服も」

容姿は純日本風なくせに、こんな格好をさせたらあっという間に今風な、いや、その和風な雰囲気が上手くミックスして、飛び抜けた存在に見せている。

同じ男として羨《うらや》ましいと素直に口にしてしまった湊に熊五郎は一瞬目を瞬かせ、次の瞬間嬉し気に目を細めた。

「湊にそう言ってもらうのは嬉しい」

「う、嬉しいとか……」

明らかに喜んでいるらしい熊五郎に、可愛いかもと思ってしまった自分が恥ずかしく、湊は慌てて平静を装ってそっけなく答える。

「それでいいのか？」

「湊が選んでくれたものだからな。動きやすいし、肌に心地好い」

「じゃあ、それにしよう」

嫌味なほど洋服が似合うというのはわかった。それならば同じサイズのものを適当に買えばいいだけだ。

試着室を出た湊は店員を呼び、このまま着て帰ることを告げる。店員も熊五郎のスタイルの良さを世辞《そじ》抜きに褒めていたが、当の本人はまったく明後日の方を向いていた。

「おい」

「これ、湊に似合う」

「は？」

熊五郎が指さしたのは、レディースコーナーの鮮やかな黄色いワンピースだ。

「俺にあれを着ろっていうのかっ？」

「きっと似合う」

馬鹿にしているのではなく、純粋にそう言っている男に何を言っても効果はない。

さすがに湊も慣れてきて、それ以降は熊五郎が可愛いピンクのキャミソールを指さしても、白いビキニを持ってきても、問答無用で却下した。

服の後は靴を買い、一息ついたころにはもう夕方になった。父に迎えを頼む連絡をした湊は、ふと目に入ったクレープの店に入る。

「チョコバナナとイチゴチョコにバニラトッピング」

本来一人で頼むのは恥ずかしいが、今日は熊五郎と一緒で一年分ぐらいの恥ずかしさを味わった気がしたので、こうなったら気にしない方が得のように思えた。

出来上がったクレープを受け取った湊は、おとなしく荷物を持って待っている熊五郎に片方差し出す。もちろん、好物のイチゴの方はやらない。

説明するよりも見せた方が早いとかぶりついて食べ始めた湊を見ていた熊五郎は、恐る恐るクレープを口にした。

「……甘いな」

「でも、美味いだろう？」

「美味いが……湊の気の方が比べようもないほど美味い」

「俺の気？　そうだ、気とか愛情とか、どうやって取り込むんだ？」

前も《気》を貰ったなどと言っていたが、湊自身はまったく覚えがないのだ。形にならないものなのにと首を傾げれば、ふっと目の前に影が落ちてくる。

「こうすればいい」

「……」

触れただけの唇が離れていき、湊は目を瞠《みは》ってただ熊五郎を見つめる。どこかで「きゃあっ」と叫び声が聞こえたが、そちらの方を向くなんてとてもできなかった。


熊五郎の突拍子もない言動に振り回された形になったが、結局共に家に帰宅した。男同士の不毛な買い物だったが、案外楽しかったと思うのは人が好すぎるかもしれない。

「今の服も似合うわねえ」

「写メしていい？」

母と妹は特に騒いで、今も目の前で熊五郎に纏わりついている。

「……父さん」

「ん？」

「……あー、いい」

熊五郎は人間か、付喪神か。

今も湊は人間だと思っているが、変質者ではないかもしれない。それは認めてやらなければなと思う。

「湊」

それに、誰もが振り返るほどの格好良い男が自分にだけ下手に出て懐いているのは、言い方は変かもしれないが悪い気はしなかった。

「熊五郎くん、お風呂はどうする？」

いつの間にか《さん》から《くん》に変わったなと他人事のように聞きながら唐揚げに手を伸ばしていた湊は、続く母の言葉に動きを止めた。

「湊が一緒に入ってあげたらいいじゃない」

「はぁ？」

冗談じゃなかった。温泉ほど広い場所ならばまだしも、家の狭い風呂場に大の男……大きいのは熊五郎だけだが、そんな相手と風呂に入るなんて嫌だ。

「俺、パス」

「どうして」

「ど、どうしてって……大体、付喪神って神様なんだろ？　神様が風呂に入るなんておかしいじゃんか」

こんな時だけ神様というのを利用してしまったが、そんな湊に反論するのは口の達者な妹だ。

「神様だってお風呂に入るじゃない。アニメにだってあったもん」

「アニメって、あのなぁ」

「熊五郎さんは今のお風呂の入り方を知らないんだから、お兄ちゃんが教えてあげるのが当たり前でしょう」

「……お前が一緒に入ればいいじゃん」

「女の子に何言うのよっ、お母さーんっ、お兄ちゃんが！」

年齢は六歳も下だが口で勝てるはずもなく、湊は夕飯の後母に背中を押されるようにして熊五郎と風呂に入る羽目になってしまった。

男同士で気にする方がおかしい。そうは思うのに、昼間見た褌姿が妙に記憶の中に残っていて、なんだか意識してしまうのだ。

「……わしは風呂に入らなくてもいいぞ」

そんな湊の気持ちを察したのか、熊五郎がそう言って脱衣所を出ようとする。

「いいって」

そうなると、自分の子供っぽさがいやでも目立つ。熊五郎が意識していないのに自分だけというのも恥ずかしく、湊はさっさと服を脱いで先に風呂場へ入った。

風呂に入るなら、あの褌も外すはずだ。そうすれば案外何も気にしなくなるかもしれない。

身体を流し、湯船に入ってほっと息をついていると、引戸が開いて熊五郎が中に入ってきた。

何気なく視線を向けた湊は息を呑む。

「！」

（で、でかっ）

まったく気にすることもなく一切前を隠さない熊五郎のそこは、入った瞬間に湊の目に飛び込んできた。褌の上からも思っていたが、実際のブツは唖然とするくらい大きい。湊自身勃起したってあの状態ではないと思わずまじまじと見ていれば、あろうことかそれが勃ち上がってくるのがわかった。

（えぇっ？）

どうしてと視線を逸《そ》らせずにいれば、それはますます力を持ってくる。これ以上見ているのは怖くて、湊はぎこちなく視線を逸らした。

「ま、まずは身体を洗って」

「身体を？　手で？」

「手じゃなくって、その垢《あか》すりで、そう、それで、これの頭を押して」

ポンプ式のボディソープの使い方も教えると、熊五郎は考えながらも身体を洗い始める。

「おぉっ」

泡の感触がくすぐったいのか、驚きの声が響く。それにつられて視線を向けると、上半身を泡だらけにした男が妙に楽し気に足を擦っていた。

長い手足に、引きしまった身体。何度見ても羨ましい。

(これって、あの木彫りの熊の体格からきてるのか？)

熊として格好良いのかはわからないものの、男ならこんなスタイルであったらなと理想形なのは本当だから目に毒だ。

(それにしても……)

「……毛深いよな」

小さな呟きだったはずが、風呂の中では意外に響いた。ハッと顔を上げた熊五郎が、泡だらけの身体を両手で隠しながら聞いてくる。

「湊は、毛深いのは嫌か？」

「ん～、俺自身あんまり毛深い方じゃないからなぁ」

脛毛《すねげ》はもちろん腋《わき》毛も下の毛も、ちょっと薄い方だという自覚はある。父もそうなのでこれは遺伝だと諦めているが、だからといってもじゃもじゃの身体というのは想像できない。

近い未来、もしも女の子とそういう場面になった場合、相手はどうだろうか。今は男でも脱毛している者は多いらしいし、やはり毛深いのは敬遠されるかもしれない。

「あんまり好きじゃないかも」

何気なく言ったのに、熊五郎はあからさまに落ち込んでいる。別に熊五郎が毛深くても毛が薄くてもどうでもいいのだ。裸の付き合いなんて、今夜限りくらいだろう。

「気にするなよ」

「……」

一応そう言ったが、顔に似合わずネガティブなのか、熊五郎は俯《うつむ》いたまま、洗っていた手も止まってしまった。

「おい」

「……」

「熊五郎」

しかたなく湯船から出た湊は、熊五郎が握っていた垢すりを奪い取る。このまま中途半端な状態が嫌なのだ。

黙ったまま熊五郎の背中を洗ってやった。広い背中はそれだけでも洗い甲斐がある。綺麗な褐色の肌はすべすべで、染み一つなかった。……いや、肩甲骨《けんこうこつ》の下辺りにほくろが一つだけあった。

(背中には毛はないんだ)

全身毛むくじゃらではないらしい。

髪の毛は縛らずに垂らしたままなので、既に泡で濡れてしまっていた。こうなったら洗った方がいいかもしれないと思い、湊は顔を覗き込むようにして尋ねる。

「髪、洗うか？」

「……っ」

「？」

身を乗り出す格好になったので、熊五郎の背中に身体を押し当ててしまったが、下肢が当たっているわけではないので構わないはずだ。だが、ふと下に向けた視線の先、胡坐をかいて座っている熊五郎の股間のものが、明らかに雄々しく立ち上がっているのがその途端見えてしまった。

これは無視をするべきか、それとも突っ込むべきか。

湊自身どうしたらいいのかわからずに手が止まってしまう。

「湊」

「……っ」

「もっと触れてくれ」

風呂で響くせいか、通常の倍ほども威力がある低い声に、湊の背筋にぞくっと震えが走った。

それがどういう理由からなのか、さすがにこの年になればいやでもわかる。同時に反応してしまった己に愕然《がくぜん》としてしまい、湊はそれ以上熊五郎と同じ空間にいるのが居たたまれなくなってしまった。

だが、そんな自分を熊五郎に知られてしまうのは嫌だった。熊五郎は湊にくっついてくるが、それはあくまでも付喪神としての寿命を延ばすためだ。別の理由があるはずがない。

(冷静に、冷静に……)

付喪神などいるはずがないと思っていたのに逃避する理由に使うのはギャップがあるが、今の湊にはそう考えるしかなかった。

「湊?」

何も言わない湊に、熊五郎が少しだけ不安そうな声音で名前を読んでくる。格好良い男がこんな頼りなげな声を出すのは反則だ。男の湊に母性などあるはずはないが、それでもこのまま振り捨てていくのはなんだか悪い気がして、しかたなく逃げそうになる気持ちを抑えた。

「頭」

「頭?」

「髪、洗ってやる」

「すまない」

そう言った湊に、すぐに返事をした熊五郎は、素直に頭を下げている。長い黒髪にシャンプーを垂らして、少々強く洗ってやった。

男の長髪はあまり好きではなかったのに、熊五郎のそれは容姿とも相まって妙に艶っぽく見えた。こんな様を見せられたら女は軽く落ちてしまうだろうなと、ごく自然に納得できてしまうほどだ。

だが、それもすべては普通の人間だったらという前提でだ。

本人はまだ自分のことを木彫りの熊の付喪神だと言っているし、その言動もなんだか危うい。

このままでは本当に変な奴としてレッテルが張られてしまいそうで、勿体《もったい》なかった。

（……あれ？）

そこまで考えた湊は、自分の考えがいつの間にか熊五郎擁護《ようご》に傾いてしまっていることに気づいて愕然とする。そもそも、湊自身突然目の前に現れたこの男のことを付喪神などと思っていないはずだった。

たった一日一緒にいただけで心境に変化が出てきた自分が怖くなった。

「……嘘だろ……」

湊は思わず呟く。そんなはずがないと言い聞かせようとしたが、あんなにも真っ直ぐに慕ってくれる存在を否定するのはなかなか難しい。現れた経緯は不審者そのものだと今でも感じているのに、湊の言動に一喜一憂《いっきいちゆう》する姿を可愛いとさえ思ってしまうのだ。

今まで自分のことを理性的な方だと考えていたが、案外情には流されやすいのかもしれない。

まさか熊五郎がそれを狙っているとは思えないが、たった一日で湊は熊五郎を問答無用で追い出そうという気はほとんどなくなってしまっていた。

風呂から出た時、湊はどっと疲れていた。

「湊が髪を洗ってくれたぞ」

そんな湊とは対照的に、熊五郎は嬉しそうに自慢している。

両親や妹と楽しげに話す熊五郎を横目で見ながら、湊は黙々と携帯電話に入っていた連絡に返事を返していた。

非現実的な男といた空間から離れてこうして携帯電話を弄《いじ》っていると、自分がちゃんと現実の世界にいるのだと納得できる。

（あ……）

そんな連絡の中に、大学の友人である日比野亮《ひびのりょう》からのものがあった。

それはずっと帰省するとは思わなかったという不満と、近いうちに一緒に遊ぼうという誘いだった。

友人の中でも日比野は目立つ男で、男女問わず友人も多い。まさに都会で青春をエンジョイしている大学生を体現しているので、疲れることもあるが一緒にいるのは楽しかった。

（もちろん、と）

喜ぶスタンプを送れば、間をおかず日比野からも気障《きざ》なスタンプが返ってきた。

思わず笑ってしまった湊は、ふと背中に伸し掛かってくる重さに眉を顰める。濡れた長い黒髪がたらりと目の前に落ちてきたのでいやでも相手がわかった。

「重いから退け」

「……楽しそうだ」

「はぁ？」

少しだけ詰《なじ》られるように言われ、心外だと湊は振り返る。すると、思いがけないほど近い距離に熊五郎の切れ長の目があった。

「……っ」

同性でも、綺麗なものは綺麗だ。ドキッと心臓が大きく鼓動を打ったことが恥ずかしく、湊はそっけなく顔を逸らした。

「お前に関係ないだろ」

「湊……」

「湊」

母の諫《いさ》めるような声に、湊は立ち上がって部屋へと駆け込んだ。家族を味方に付けている熊五郎が恨めしい。

……いや。

「……くそ」

自分のもの言いも、少し棘《とげ》があったかもしれない。そう反省する自分に突っ込んで、湊は再び携帯電話を取り出した。しかし、続けて友人とやり取りするのもなんだか気持ちが乗らず、それを机の上に放り投げた。

(やっぱり……どうにかしないと)

このまま熊五郎が側にいれば自分が混乱するだけだ。さっさと家から追い出そうと思うが、頭の片隅にはもしかしたら本当に付喪神かもしれないと思う気持ちもあって、結局どうすればいいのかわからなかった。

部屋の片隅に視線を向けると、そこにはあの木彫りの熊がある。湊は風呂敷で包んでいたが、いつの間にか熊五郎がそれを解いてしまっていた。

「……」

湊はその前に座り、じっと見下ろす。どこからどう見ても木彫りの熊だ。

よく見る土産物の熊とはポーズも違うし、毛並みなどとても細かく彫られていて、やはり綺麗だと思う。幼いころの自分が怖がるでもなく、可愛がっていたという両親や熊五郎の話は嘘ではないかもしれない。

そう思いながら、湊はするりと熊を撫でる。手触りのいいそれを頭から身体に掛けて確かめるように指を動かしていると、背中の辺りに小さな穴が空いているのに気づいた。元々の木の傷か、それとも後々ついたものかはわからない。それでも、滑らかな手触りの中で違和感は大きかった。

「これ……」

ふと、この傷と、熊五郎の肩甲骨の辺りにあったほくろがほぼ同じ位置だと気づいた時だった。いきなりバタバタと大きな足音が聞こえてきたかと思うと、音を立てて襖が開かれた。

「湊!」

「……へ?」

あまりにも突然のことに湊は呆気にとられたが、部屋の中に飛び込んできた熊五郎はなぜか目元を染め、焦った表情で仁王立ちになっている。

「い、今っ」

「今?」

「な、艶めかしい手でわしに触れただろうっ?」

「艶めかしい?」

なんだそれと思いつつ、今触れている木彫りの熊を見下ろす。

(……これ、か?)

どんな手つきかは置いておいて、これに触ると熊五郎自身にも触れたことになるようだ。

「……あっ!」

(この熊を拭いたらよかったんじゃっ?)

熊五郎ではなく、木彫りの熊を拭いてやったら、身体や髪を洗ってやったのと同じことになるのではないか。

そう気づいた湊は今さらながら頭を抱えるが、それが熊五郎が付喪神だと認めたことになるということにまだ気づかなかった。

《くまごろー》

幼い湊の手はとても綺麗で優しく、熊五郎は己のすべてが浄化され、神化していくのを感じた。熊五郎にとって湊の手は、まさしく癒しの手だった。

だが、成長した今の湊の手は違う。

髪を洗ってくれる手は昔のように優しかったが、それと共にぞくぞくと身体の芯が熱くなるような、官能をかき立てるものになっていた。

付喪神である熊五郎にとって、《欲》というものはとうの昔に捨て去ったもののはずだった。

それなのに、湊に関してはいつだって触れていたいし、触れるだけで気持ちがよくなってしまう。

「……」

熊五郎のことを警戒しているくせに、今は幼い寝顔を晒《さら》して深い眠りに落ちている湊を見下ろし、熊五郎はそっと唇を重ねた。気を貰うだけの行為のはずなのに、湊自身を味わいたいと思う己に、熊五郎は戸惑っていた。

付喪神になったとはいえ、元は木彫りの熊である熊五郎にとってそれは初めて持つ感情だ。

湊に見つめられたい。

湊に可愛がられたい。

それ以上に――湊を愛《め》でたいと思うこの気持ちにどんな言葉が付くのか、熊五郎にはまだわからない。それでも、この気持ちは熊五郎を温かくしてくれる。

「早く……わしを、好いてくれ」

子供のころの湊は愛らしかったが、成長した今は眩しいほど綺麗になった。だが、その心根はまったく変わっておらず、相変わらず美しくて優しい。

昔のように真っ直ぐな好意を向けてほしいが、どうしたらいいのか熊五郎にはわからなかった。

第三章　新しいクマさんと出会った

「おはよう、湊。今日もいい天気だぞ」

「……」

起き抜けに見る眩《まばゆ》いばかりのイケメンの笑顔に、湊は溜め息をつきながら布団から起き上がった。

（……やっぱ、夢じゃないんだ）

湊が帰省してから一週間たった。つまり、熊五郎と出会ってから一週間だ。

当初、改装期間だけの帰省のつもりだったので、バイト先にも連絡しづらかった。しかし、無責任な真似はできず、だからといってここから都内に通うのも大変なので、湊は意を決して帰省期間の延長を申し出た。

すると、思いがけなく了承の返事を貰った。店長が言うには、奥さんの大学生の妹さんのバイト先が急に閉店してしまい、夏休みいっぱいのバイトの予定が空いてしまったらしい。店で雇えないかと奥さんに相談されていたところで、湊の申し出は渡りに船だったようだ。

もしかしたらクビかもと考えたが、今のところ湊を辞めさせるつもりはないと、ありがたい言葉も貰った。

付喪神としての熊五郎の恩恵かもと一瞬頭を過ったのは、きっと気のせいだ。

「今日も片付けをするか？」

「ん～」

熊五郎の手も借りて、湊の部屋の片付けはほぼ終わっている。もしかしたら別の部屋の片付けを押しつけられるかもしれないが、今のところ湊は「熊五郎のお世話役」としての任務の方が重いらしく、母でさえ煩いことは言わなかった。

熊五郎を背後に従えて階段を下りた湊は、一応母に声を掛けてみた。

「母さん、何かすることある？」

「片付けは終わったの？」

「うん」

厳密に言えば完全には終わっていないものの、毎日部屋の中に閉じこもっているのは退屈で疲れる。

「ちょうどいいわ、これ」

「え？」

何もないと言われると思っていたのに、母は一枚の広告を差し出してきた。

「……何、これ？」

「ほら、ここお一人様一個でしょう？　沙紀を連れて母さんが行こうと思ったんだけど、嫌だって言われちゃった」

「……俺だって嫌だよ、トイレットペーパーとか」

一人暮らしの時は必要に迫られた買い物だが、見知った町では顔見知りに出会う可能性は大きい。そうなれば、母親に頼まれたのかとからかわれるのは目に見えていた。

それに。

（……こいつも、一緒だろうし）

湊の側から離れない熊五郎が買い物に同行するのは絶対だ。内面はともかく、外見はイケメンの男が数量限定のトイレットペーパーを持って……ちょっと、想像したくない。

「あんただって嫌だよな？」

湊が同意を求めて振り返ると、熊五郎はにこやかに首を横に振った。

「いいや、わしは湊が共にいるのならどこに行くのも構わん」

「ちょ、ちょっと」

裏切るのかと文句を言いたかったが、母は反論を許さなかった。

「はい、お金。お釣りで何か美味しいものを食べてきなさい」

五千円でトイレットペーパー二つ。その残りが小遣いなんて太っ腹だと思ったが、案の定他の買い物も頼まれてしまい、結局残りは思ったほどではなくなった。こういうところはさすがにちゃっかりとした母らしい。

「暑い……」

都内よりも日差しは幾分柔らかいが、それでもジワリと汗がにじむ。着ていたTシャツの襟元を掴んで呟いた湊の首筋に、ふっと風が当たった。

慌てて振り返ると、身を屈めた熊五郎が顔を寄せ、もう一度息を吹きかけてくるのが見える。そんなもので涼しくなるはずもなく、さらには周りの視線が一斉に集中してきた気がして、湊は歩く速度を速めた。

「涼しくなったか、湊」

その動きに、熊五郎が見当違いなことを言ってくる。それに言い返したいが、騒げばもっと悪目立ちをしてしまうのは確実だ。

(こいつは、自分の言動に自覚がなさすぎるっ)

もう何度目になるかわからない悪態を口の中でつくものの、原因である男にまったく自覚がないのならば言っても無駄だった。

町に出るのでこの間買ったシャツとジーンズを穿いている熊五郎は、どう見たって付喪神ではない。むしろ芸能人並みの容姿なので、今も後ろから数人の女の子がついてくるほどだった。

前は父の車で送ってもらったが、今日はバスを乗り継いできた。その車中でもじろじろ見られていたので、こんなふうになることもある程度予想はついていたのだが。

これで熊五郎が鼻の下でも伸ばしているのなら文句も強硬手段も取れるが、本人は女の子にまったく見向きもしない。まるで幼い子供が母親の後ろについてくるように、その目は湊しか見ていなくて、湊もそんな男を放り出す冷血な人間にはなれなかった。

「……」

湊は足を止め、深く息を吐いた。

「湊？」

一人でカリカリしているなんて馬鹿馬鹿しい。

湊は熊五郎を仰ぎ見る。

「何か食う？」

「湊が食いたいなら」

「……」

人の視線がある中で物を食べるのは気が進まないが、渇く喉を潤すくらいはしたい。ジュースでも飲もうかと視線を動かすと、湊は珍しい光景を見つけた。

「あれ……」

駅前の少し広いスペースに、通常よりも多い人波があった。

所々テントも張ってあり、色鮮やかな服や変わった家具や小物など、骨董市というよりはどうやらフリーマーケットのようだ。

そう言えば、今日は土曜日だった。隔週の土曜日にフリーマーケットがあることを思い出した湊は、側にいる熊五郎の腕を引っ張りながら言う。

「ちょっと覗こうぜ」

少し離れたところに出店もあるし、賑《にぎ》わっている様子を見ているだけで気持ちが高揚《こうよう》してくる。

「うわ、これ安ぅ〜」

ビンテージっぽいジーンズが千円で売られており、湊は迷わず手に取った。

「サイズは〜……くそ、裾切ってないじゃん」

悔しいが足の長さが合わず戻そうとしたが、売り子の青年が笑いながら声を掛けてくる。

「それ、君によく似合ってるよ。裾もおかしいほど余ってないし」

「そうかなあ」

「五百円に負けとく」

「本当っ？　買う、買いますっ」

安くしてもらい、満面の笑みで代金を払うと、青年もにこにこと商品を差し出してくれた。

人のよさそうな雰囲気だったが、話すともっと感じがいい。

大学生なのかと話しかけられ、そこから洋服のことで盛り上がっていると、いきなり横から肩を引き寄せられた。

「なんだ？」

その手の主は熊五郎で、暑苦しいのに湊に引っついてくる。

この一週間で熊五郎のスキンシップの激しさには慣れてしまった湊は、無理矢理引き離すことはせずに振り返った。引き離しても、もっと強い力で抱き寄せられるのがわかっているからだ。

「……」

「おい」

湊の問いかけには答えず、熊五郎はただ目の前の青年を見据えている。イケメンの睨みに、青年の方が戸惑っているようだ。

「あ、あれ？　俺、なんかしちゃったかな」

「すみません、こいつ、ちょっと人見知り激しくって」

湊は誤魔化し、早々にその場から離れた。

「お前、態度悪すぎ」

「……すまん」

「……ったく」

どうせ、湊が青年と親しく会話していることが気に食わなかったのだろう。

自意識過剰と言われてもいい。湊は、熊五郎が自分に独占欲を持っていることは感じている。それは己が存在するために絶対必要な《気》や《愛情》を、湊からしか受け取ることができないからだろう。

湊自身八方美人なタイプではないし、誰彼構わず愛想を振りまくことなんかないのに、見当違いの心配をする熊五郎には呆れるばかりだ。

（……あ）

そこまで考えて湊は眉を顰めた。いつの間にか、木彫りの熊＝熊五郎として受け入れている自分になんとも言えない気分になったのだ。

「湊」

「……」

「湊、すまない」

湊が不機嫌になったと思ったのか、熊五郎が謝罪してくる。大きな身体を小さくしている様に、湊もそれ以上無言でいることができなかった。

「別に怒ってない」

その途端、熊五郎の顔が安堵に綻ぶ。キラキラしたイケメンぶりに周りがざわめくのがわかった。

ここでも熊五郎は目立ちすぎる。

せっかくのフリーマーケットだが、すぐに立ち去った方がいいかもしれない。

「帰ろう」

名残惜《なごり》し気にそう言い、湊は広場から出ようとした。

（……ん？）

その時、目の端を何かが掠めた。

湊は立ち止まり、その何かを視線で探す。その正体はすぐにわかった。

足を向ける斜め向かいのスペースには、初老の女の人が椅子に座っていた。並べてあるのは和物の小物のようだが、その中に目を引くものがあったのだ。

「……熊だ」

いや、《熊》というよりは《クマ》と言い直した方が相応《ふさわ》しいような、小さなクマのぬいぐるみが鎮座していた。手のひらに載るほど小さく、少し細長い感じだが、首に可愛らしい赤いリボンをしたクマは、いわゆるテディベアと言われるものだろうか。

「……」

元々、可愛い物にはそれほど興味はなかったが、熊五郎と出会って以来《熊》という存在がどうしても気持ちに引っ掛かるのだ。

「どれか、気に入ったものがあるの？」

声を掛けてきたのは、売り子の女性だ。

湊の祖母よりは少し若いが、白髪を綺麗にまとめ、涼やかな麻のワンピースを着た、上品な物腰の人だった。

「えっと……これ……」

「ああ、そのクマちゃん。お気に召した？」

「え？」

「あなたによく似合うわ」

「え……」

にっこりと笑うその人は、まさか湊を女と間違えているわけではないだろうが、絶対に大学生の男とは思っていないだろう。女顔を気にしている湊にとっては不本意だが、自分よりも随分年上の相手に対して文句を言うこともできない。

それよりも、白い小さなそれが気になってしかたがなかった。

「これ、幾らですか？」

「気に入ってくれたのなら、あなたにあげるわ」

「えっ、だ、駄目ですよ。ちゃんと値段言ってください」

「五十円」

「五十円？」

どう見たって綺麗で可愛いそれが五十円だとは思えない。安くてラッキーだと思う前に、湊はなんだか嫌な予感がした。

(木彫りの熊が熊五郎になったっていうのに、今度は……いや、まさかな)

いくらなんでも、不思議な出来事がそこらに転がっているはずがない。だが、急に襲いかかった嫌な予感を払拭することはできず、湊は手にしていたぬいぐるみを戻そうとした。

(……え?)

その時、一瞬ぬいぐるみの手が自分の指に絡まったような気がした。

慌てて見直してもそのぬいぐるみは動くものではなく、どこをどう触っても柔らかい。手の辺りを見ても、引っ掛かるような糸も破れもなかった。

熊五郎の存在のせいで、ぬいぐるみが動いたなんて想像してしまったのかもしれない。

湊はふっと息をつき、改めて目の高さにぬいぐるみを掲げた。どんなもので作っているのか、綺麗な茶色い目がじっとこちらを見ている。

「湊」

「熊五郎?」

それまで黙って湊を見ていた熊五郎がぬいぐるみを取り、少し乱暴に元の場所に置いた。

「おいっ」

「行こう」

湊の腕を掴み、一刻も早くその場から立ち去ろうとする熊五郎に怪訝《けげん》なものを感じ、湊は足を踏ん張る。

「どうしたんだ？」

「……」

「……このぬいぐるみ、何かあるのか？」

「ない」

即答がかえって怪しい。

熊五郎が嫌がっているのが目に見えてわかり、湊の頭にすっと悪戯心《いたずら》が過った。

「ください」


「なんだ、これは、可愛いなあ」

土曜出勤だった父は、湊の買ってきた熊のぬいぐるみをとても気に入った。元々可愛いものが好きだったが、このぬいぐるみはそんな父の好みにピッタリだったらしい。

「父さんが気に入ったならあげるよ」

「いいのか？」

「俺がこれを飾ってるとか……シャレになんないし」

「言えてる」

笑う沙紀を睨むが、中学に入学してからもしばらくはまだ女の子に間違えられていた湊を間近で見ていた妹は含み笑いを消さない。

「名前はどうしようかなあ。みーくん、何がいい？」

「自分で決めたら」

「買ってきたのはみーくんなんだから、親も同然じゃないか」

「親違うし……」

「ほら」

物腰が柔らかいのに押しが強い父は、ぬいぐるみを持ったまま湊を促す。

「じゃあ……クマちゃんとか」

「何それ、そのまんまじゃん」

「じゃあ、お前が考えろよ」

「私は親じゃないし～」

「沙紀っ」

「いいじゃないか、クマちゃん。木彫りの熊が熊五郎くんだし、ぬいぐるみはクマちゃんがピッタリだよ」

父は気に入ってくれたらしく、いそいそと自室に持っていっている。どうやら部屋に飾るらしい。

その背中も苦笑しながら見送っていた湊は、横顔に強い視線を感じて眉を顰めた。

「なんだよ」

問いかけても、視線の主である熊五郎は何も言わない。

帰宅してから、熊五郎とは一言も話していなかった。それなのに、湊の側からは離れないのだ。

明らかに不機嫌ですという顔で側にいられても湊も面白くないし、大体小さなぬいぐるみを買ったことに腹を立てる方がおかしい。

木彫りの熊であると自称する熊五郎に対し、可愛いぬいぐるみのクマを買ったのは多少の嫌味もあったが、気にかかってしまったのだからしかたがないだろうと開き直る。湊の方から下手に出てやるつもりもないので、そのまま放っておくことにした。

夕食を済ませ、風呂に入ると、湊は部屋に戻る。その後ろには当然のように熊五郎がついてきた。部屋には客布団が運ばれており、熊五郎は率先して二人分の布団を敷いている。

熊五郎が現れて間もなく、湊は男を客間に寝かすように提案した。いくらスペースがあるとはいえ、男が二人、友人でもないのに布団を並べて寝るなんておかしいと訴えた。だが、

「側にいないと、あんたの《気》を熊五郎くんにあげられないじゃない」

そんな母の一言で却下された。

（こういう時……気まずいんだけど）

熊五郎が何をどう考えているのかわからない。文句があれば言えばいいのに、下手に無言を貫いているのでどうしようもない。

「……寝るぞ」

本当はまだ眠くないが、向き合って話すこともないので寝るしかなかった。

湊がさっさと布団に入ると、しばらくして熊五郎も隣の布団に入る。妙な静けさが居心地悪い。

（あーもう……）

たった一つの小さなぬいぐるみ相手に嫉妬している付喪神。なんだかなと思いながらも、目を閉じていれば緩やかに睡魔が襲ってきた。色々と頭の中はいっぱいなのに、人間はちゃんと眠れるらしい。

（明日……）

明日は、少しだけ熊五郎に優しくしてやろう。

そんなことを思いながら眠った湊は、しばらくして頬に濡れた感触を覚えた。

（な……に？）

むずかるように体勢を変えても、同じような感触がある。それはまるで犬か猫が顔を舐めているかのようだった。嫌な感じはなく、むしろくすぐったくなって笑ってしまうと、今度は首筋へと感触が移動した。

「や……」

まだ眠りの中だった湊はだんだんその感触に違和感を覚えてきた。家ではペットは飼っていないのだ。

だったら、これは何か。

そう考えた時、湊は熊五郎が悪戯をしていると思った。そうでなくても湊にべったりの男が、昼間の不機嫌を解消するために変なことをしている。

その瞬間、自分でも驚くほどすんなりと目を覚ました。

「……え?」

部屋の中は電気を消しているので真っ暗だ。それでも、顔のすぐ横に何か白いものがいるのがわかった。薄暗さに目が慣れてくると、それが人の顔だということもわかった。いや、人というより、子供だ。

「え?」

熊五郎だと思い込んだいただけに、湊は目を見開いた。

自分の声に自分で驚き、湊は慌てて身体を起こすと、枕元に四、五歳くらいの子供が座っているのが見えた。どうして部屋の中に子供がいるんだと焦った湊は、すぐに部屋の電気をつける。

「……可愛い……」

呑気《のんき》かもしれないが、湊の口から零れたのはそんな感嘆の言葉だった。

金色のクルクルの巻き毛に白い肌。頬はピンク色で、目は薄茶だ。白いブラウスに首には赤いリボンネクタイをして、ズボンはチェックの半ズボンだ。一見して外国人の子供だが、その子は湊に向かってにこりと愛らしい笑みを向けてきた。

「そなたの気で我《われ》も蘇った。礼を言うぞ」

「……は？」

聞こえてきたのは流暢な日本語だった。

幼い見かけなのに大人の言葉遣いをする男の子に驚いたのは湊だけだったらしく、いつの間にか身を起こしていた熊五郎が唸るように言った。

「湊、それも付喪神だ」

「え？　この子が？」

どう見たって子供なのに、付喪神と言われてもピンとこない。こんな夜中に部屋の中に突然現れたということ自体ありえないことなのに、熊五郎の言った「付喪神」という単語が妙に引っ掛かった。

「こんな子供が付喪神とかありえないだろ」

「湊」

「湊、か。いい名だ」

突然会話に入ってきた子供は湊の下肢に抱きついてくる。子供特有の柔らかなその感触に抵抗することもなく受け止めていると、熊五郎がその襟元を掴んでべりっと引き離してしまった。

大柄な熊五郎に軽々と放り上げられた子供の身体は、布団の上に倒れ込む。湊は慌てて駆け寄った。

「大丈夫かっ」

「本来、湊の《気》を分けてやるのも惜しいのに、同じ付喪神としての存続を盾にされたら何も言えん。だが……っ」

「お前、子供相手に何してんだよっ」

熊五郎がみすみす湊がキスされるのを黙っているなんてと思っていたのだが、どうやら最初からこの子供の存在には気づいていたらしい。

それも、同じ付喪神として、だ。

だが、相手が人間だとか付喪神とか関係ない。強い者が弱い者苛めしていることが許せなかった。

湊が子供の身体を抱き起こすと、小さな手が必死にしがみついてくる。震えている身体も感じ、湊は庇護《ひご》欲《よく》がかき立てられた。

「大丈夫だ。こいつには手出しさせないから」

「……」

「おい」

「……いいな」

「え？」

「我の新しい主は、愛らしくて優しい」

見上げてくる子供の顔は、泣いていると思ったのに笑っている。そのギャップに湊は戸惑った。

「これからよろしくな、湊」

「！」

いうなり、唇を押し当てられた。キスという感じではなかったが、さすがに驚いた湊は身体を引く。

「湊っ」

まるで自分が被害に遭ったかのような悲痛な声で熊五郎に名前を呼ばれたが、それに返事を返す気持ちの余裕は湊にはなかった。

「可愛いっ」

「綺麗な金髪っ」

「やばいっ」

翌朝、どうか深夜の出来事は夢であれと願った湊の願いは神様に届かず、目が覚めた時には枕元で熊五郎と幼い子供が睨み合っているというシュールな場面にかちあってしまった。

いくら現実主義者の湊も、非現実的な存在を前に「それでも付喪神なんていない」と否定することはできなくなる。

そのまま二人を背後に張りつけてリビングに向かえば、両親と妹はそれぞれ興奮したように叫んだ。

「み、みーくん、この子は……」

「えーとぉ」

「我の名はクマちゃんだ。湊がつけてくれた愛らしい名だ」

「クマちゃんって……」

父の驚いたような視線は肌に痛い。

「その、本人は、あの熊のぬいぐるみの付喪神だって……」

「ええっ！」

「まあ、そう慌てることはない。我は崇《あが》め奉《たてまつ》れと命じる気持ちはないからな」

にっこりと笑う子供の顔は文句なく愛らしい。だが、幼稚園児くらいにしか見えない子供が堅苦しい言葉をすらすらと言い放つのはどうしても違和感があった。いや、だからこそ、この子供が普通の人間ではないと確信してしまうのだが。

子供＝クマちゃんは、唖然としている母に向かって言った。

「すまないが、紅茶を所望《しょもう》する」

「あっ、ま、待ってね」

いそいそと母が用意している間にちゃっかりテーブルの上座に座ったクマちゃんの隣に陣取った父が、まじまじとその横顔を見ている。なんだか危ない光景だ。

「父さ……」

「あなたも日本で作られた物ですか？　それにしては……」

「我は英国生まれだ」

「英国？　イギリスですかっ」

「そう慌てるな。紅茶を飲んでから、我の生い立ちは話して聞かせよう。湊にも知っていてもらいたいからな」

急《せ》く父を宥《なだ》めている様子は、まるで老成した者のようだ。クマちゃんは母が用意した紅茶を一口飲む。だが、愛らしい顔には不満げな色が浮かんだ。

「……凡庸《ぼんよう》だ」

「ごめんなさい、うちにはティーバックしかなくて。今日湊に買いに行かせますから」

勝手に決めるなと言いたいが、クマちゃんは湊自ら買いに行くということに満足したらしい。

「そうか、湊が。我もついていくぞ」

「ちょっと……」

「英国での初めての持ち主が紅茶を愛飲していてな。我にもよく飲ませてくれていたので、その味に慣れてしまっている」

湊は文句を言おうとしたが、その前にクマちゃんの話の方が気になった。

英国に、紅茶。イギリス生まれだと言っているが、そんなぬいぐるみに付喪神が付くのだろうか。もちろん、《付喪神》という言い方が日本的なもので、海外でも《物》に何かが宿るという現象があるかもしれない。

ただ、それにしてもクマちゃんの日本語は流暢《りゅうちょう》なものだ。そこには別の理由があるような気がした。

「イギリス生まれのぬいぐるみが、どうして日本にあるんだ？　それも、結構昔のことだろ？」

熊五郎も二百年以上前に作られた木彫りの熊だ。だとすると、小さな子供のように見えるクマちゃんも、ひょっとしてかなり前に作られたのかと思った。

「我は一七九一年、イギリスの片田舎にある裁縫店の妻の手によって生まれた」

「一七九一？」

湊は素早く頭の中で計算した。すると、それは今から二百二十六年前になる。

「あ、じゃあ、熊五郎の一年前？」

隣にいる熊五郎の気配が一瞬冷たくなったのを感じたものの、それよりも湊はあの可愛らしい熊のぬいぐるみが二百年以上も前に作られていたことに驚いた。

もちろん、熊五郎の木彫りの熊が二百年以上も前に作られたことにも驚いたが、実際目の前にいる子供が本当に可愛いだけに、そんなにも年月を経ているのだと言われてもピンとこないのだ。

クマちゃんが言うには、最初に作られた目的は裁縫店の娘の遊び相手としてだったらしい。その娘が大きくなり、嫁いでも持っていくほど、クマちゃんは可愛がられていたそうだ。

「その娘からまたその娘に、我は受け継がれていった。あちらは古い物を大切にする国だったからな、ほれ、この通り、毛艶も美しいままだろう？」

自慢げに差し出された小さな腕は白くて、当然ながら毛もない。熊五郎の、顔に似合わない毛深さかとは対照的だ。

「イギリスで百年ほど過ごした時、我は初めて裁縫店の血筋ではない者に貰われた。日本からやってきた外交官だった」

彼はたまたま裁縫店に入り、棚に飾られていたクマちゃんをいたく気に入ったらしい。その頃の日本ではまだぬいぐるみのようなものがメジャーではなかったからかもしれないが、日本にいる娘にぜひ持って帰りたいと、滞在中に何度も足を運んだそうだ。

「その時の裁縫店が少々傾いておってな、高額な料金と引き換えに我は日本へと連れて行かれた」

その日本での初めての主人である少女も、クマちゃんをとても可愛がったようだ。

成長してからもクマちゃんを大切にして、イギリスでそうだったように代々子供に受け継いでいったらしいのだが。

「数年前の引っ越しの時、我は手違いで捨てられてしまった」

「手違い……」

一瞬、それは手違いではなく、古いから捨てられたのではないかと思ったが、それをクマちゃんに言うことはできなかった。

「拾ってくれたのが、昨日お前が会ったあの老女だ。あの老女は我を綺麗にし、大切にしてくれていた。それで、我はこうして人型になれるようになって、静かな時間を共に過ごしてきたのだが……」

クマちゃんの顔が初めて歪んだ。泣くのを我慢している子供の顔には、湊だけでなく家族みんなが胸に痛みを感じてしまう。

「今度、旅立つことになった。身の回りの物を片付けなければならないと言って、我も売りに出された」

「クマちゃん……」

あの年齢で旅立つということに、悪い予感が頭を過った。身辺整理……クマちゃんもそれを知っていたのだろうか。

立ち上がったクマちゃんが湊に抱きつく。すりっと頬ずりをされると、じわりと胸が温かくなった。

「お前に買われてよかった。お前の《気》はとても清浄で甘く、強い。我の力も漲《みなぎ》ってくるようだ」

「い、いや、俺なんか」

手放しに褒められているのが《気》の話というのもどう反応していいのかわからないが、それでも頼られてそのまま突き放すことはできなかった。

湊が現実主義なことに変わりはない。ただ、熊五郎の存在によって己の許容範囲がかなり広くなったのも事実だ。

そして、その対象がこんな可愛く幼い子供だったら……出て行けなんて言えるはずもない。

「我は人間の愛情がなければただの《物》に戻ってしまう。湊、我を愛してくれ。お前の《気》を我に注いでくれ」

クマちゃんの哀願に、湊の心が揺れる。

湊の手がその髪に伸びかけたその時だった。

「湊はわしのものだっ」

いきなりそう叫んだかと思うと、横から伸びてきた熊五郎の手が湊の身体からクマちゃんを引き離した。

「おいっ、乱暴はよせってっ」

「毛玉で作られたものが怪我をするわけがない」

「毛玉って……」

それは違うんじゃないかと思うが、いつの間にか対立モードに火がついてしまった熊五郎の耳には届かないようだった。

逞しい熊五郎の腕に力任せに抱きしめられ、湊は本気で腕を叩く。

「離せっ」

「離さない」

「熊五郎っ」

「離さない！」

きっぱりと言い切る熊五郎に呆れながらも、この状況を打破するために父に助けを求めようとした。しかし、父はいまだクマちゃんの話に感動しているようで、一人でうんうんと頷いているばかりだ。

それなら母にと視線を向けたが、母はいつの間にかその場から姿を消していた。台所から焦《こ》げ臭い匂いがしているからかもしれない。

「沙、沙紀っ」

「お兄ちゃんばっかり狡《ずる》い！　私も取り合いされてみたいのに〜っ」

違う意味で怒っている妹は頼りにならず、湊は自分でどうにかするしかないと覚悟を決めた。

「……熊五郎、とにかく離せ」

「湊」

「大体、こんな小さい子相手にむきになる方がおかしいだろう。お前はもう大人なんだし、少し譲るくらいでいろ」

クマちゃんの話は頭に残っているものの、どうしても見た目の印象の方が強くてついそう言ってしまう。

湊の苦言にも熊五郎は手を離さなかった。だが、腕の力は少しだけ緩んだ気がする。もしかしたらこれが熊五郎の最大の譲歩《じょうほ》かもしれないと思え、湊は軽くその背を叩いた。

「同じ付喪神同士だろ。助け合いも必要なんじゃないのか？」

「……」

「熊五郎」

「……湊」

結局、湊自身今の時点では受け入れるしかないと諦めた。

世の中には少し不思議なこともあるのかもしれない……そう思えるようになったのは随分大きな変化だ。

しかし、これだけは言っておかなければならない。

「俺の《気》っていうのがどんなものかよくわからないけど、役に立つなら二人とも使ってもいい。ただし、俺が疲れたり、嫌だったりすることはしないように！」

熊五郎とクマちゃんが、それぞれ違う高さから湊を見上げてくる。

「いいな？」

仮にも神様に向かって偉そうに言っている自覚はあったが、最初が肝心だと湊は視線を逸らさない。

「……わかった」

やがて、熊五郎が渋々といったように頷いた。

「我は、湊の嫌がることはしない」

続いてクマちゃんがそう言う。

「よし。……母さん、朝飯！」

なんだかすごく腹が減った。湊が声を掛けると、母が急いで食卓の用意をしてくれる。

「……我は、朝は焼きトマトがないと」

「日本人の朝食は白飯に味噌汁」

焼きトマトとはなんだと不思議に思いながら湊が言えば、熊五郎も淡々と言い放つ。

「嫌なら食わねばいい」

すると、クマちゃんは客用の箸を器用に使いこなし、納豆まで食べ始めた。

その姿には、どう見てもお洒落《しゃれ》なイギリスの朝食を食べている姿は重ならなくて、湊はふっと息を吐いた。


「……」

「……」

ソファに座る湊の膝の上に陣取り、本を読んでもらっているクマ。

異国の幼児の姿だけを見れば微笑ましいのかもしれないが、時折熊五郎を見る優越感に満ちた眼差しがチクチクと胸を指す。

「クマちゃん？」

「湊は博識だな」

「博識って、別に……」

「ふふ」

湊の華奢《きゃしゃ》な膝の上を独占しているクマを恨めしく思うが、今の熊五郎の体格ではそうすることも叶わない。木彫りの熊の状態であっても重いくらいで、湊が進んで磨《みが》いてくれるなんて夢のまた夢かもしれない……そう思えば、やはり小さなクマを羨むことしかできないのだ。

「湊、ちょっと」

湊の母に呼ばれ、湊が席を立つ。二人残された状態になると、クマがちらりとこちらを見た。

「湊は希少な人間だな」

「……」

「我は絶対に湊をものにするぞ」

「……っ、いくら主の命がなくなるとしても、すぐに湊に乗り変えるとはっ」

「亡くなる？　誰がだ？」

「お前が言っていただろう、旅立つと」

「娘のもとに行くからな。我の言葉に嘘はない」

愛らしい子供の口から零れたとは思えない言葉に、熊五郎は反射的に立ち上がる。

「湊はわしのものだっ」

湊ばかりか、自分まで騙《だま》されていたと悟ったが、今はもう後の祭りだ。

（湊は絶対に渡さないっ）

たとえ湊の《気》が限りないものだとしても、湊のすべてを自分だけのものにしたい。

あとから来た者に僅《わず》かでも分けてたまるかと、熊五郎は足音も荒く台所に立つ湊のもとへと向かった。

第四章　ところが熊さんの暴走が

「食事は賑やかな方がいいわねえ」

「本当にそうだな。湊もうちから大学に通えばいいのに」

「通学時間が何時間になると思うんだよ」

いくら都内への通勤圏内だとしても、早朝の授業に間に合わせるとしたらそれこそ身体ももたない。それは大学を決めた時から話し合ってちゃんと理解してくれたはずなのに、今さらそんなこと言う両親に言い返す気力もない。

「……」

「……」

「……」

家族四人だった食卓に、新たに加わった二つの椅子。

「亜沙子、このブルーベリーのジャムは美味いな」

「昨日デパートで買ってきたのよ。クマちゃんの口に合ってよかったわ」

金髪で茶色い目の愛らしい子供が、にこやかに母と話している。

「熊五郎くん、ほら、気になっていると言っていた彫刻の人間国宝のＤＶＤ、明日手に入るからね」

「親父殿、すまない」

反対側では、父と超絶イケメンが会話をする。

「……なんだか不思議」

「……何がだよ」

「なんかさあ……異空間？」

妹の意味がわからない言葉に返す言葉もなく、湊は食事を続けた。

熊五郎とクマちゃん。

二人の付喪神を受け入れ、自身の《気》や《愛情》を分け与えると決めたものの、何をどうしたらいいのかはまだよくわかっていなかった。

二人とも常に湊の側にいようとするし、隙あれば身体に引っついてくる。はじめは鬱陶しいと思っていたが、今では慣れてしまったものの、それだけでいいのだろうかと心配する気持ちは残った。

特に、最近熊五郎の様子がおかしい。湊に対して強い当たりをするわけではないのだが、妙に余裕がないように見えるのだ。

クマちゃんが現れてから自分が貰う《気》の量が減るという焦りがあるのかとも考えたが、どうやら少し違うようだ。

「あ」

食事が終わって間もなく携帯電話が鳴った。相手は大学の友人、日比野だった。

『よう、湊』

日比野は口ばかりでなく、ちゃんと湊を誘うために連絡を寄越《よこ》してくれた。そのことに感謝はするが、今の状況で家を離れるわけにはいかない。

「悪い、今回はパス」

『え〜』

付き合いが悪いとか、寂しいとか。少しも暗い調子ではなく言ってくる日比野に苦笑が漏れた。

『あ、まさか故郷で彼女ができたんじゃないだろうな?』

「まさか」

『駄目だぞ、湊は俺のもんだから』

「はいはい」

いつもと変わらない軽い会話をしながら部屋に戻った湊は、さらに追及してくる日比野に笑いながら返事をしようとする。すると、

「！」

無言で伸びてきた手に携帯電話を取られてしまい、そのまま通話を切られてしまった。

あまりにも当然のように動かれてしまい、湊は唖然として側に立つ熊五郎を見上げる。熊五郎は怒った顔も不満げな顔もしておらず、ただ無表情のまま湊を見下ろしてきた。

「お……おい、何勝手なこと……」

「……」

「熊五郎っ」

「……」

何も答えない熊五郎に湊は背を向けた。このままだと、とんでもない暴言をぶつけてしまいそうだったからだ。

日比野にはすぐにメールで謝罪した。もちろん本当のことなど言えず、電波のせいで切れたと言い訳をする。日比野は気にした様子もなく、また連絡をすると言ってくれた。

日比野はこれでいい。だが、熊五郎が問題だ。

このままではお互いもやもやしたものを抱いたままだ。

（……ちゃんと話さないとな）

いったい何が不満なのか、何を言いたいのか。ちゃんと熊五郎に向き合わなくてはならないと思う。

「湊」

「……クマちゃん」

クマちゃんは心配そうな顔をして湊の手を握ってきた。

「大丈夫か？」

「うん」

クマちゃんの気遣いが嬉しくて、柔らかな髪を何度も撫でる。すると、クマちゃんは気持ちよさそうに目を閉じた。その顔を見ていると、いつの間にかささくれ立っていた気持ちが鎮《しず》まるのがわかる。

「可愛いな、クマちゃんは」

「ふふ」

湊はクマちゃんを抱き上げた。男にしては小柄な湊だが、さらに小さな子供のクマちゃんを抱えることはできる。柔らかな頬に頬ずりしてきゅっと抱きしめると、首にしがみつかれた。

（……あ）

そんな自分たちの姿を後ろから熊五郎が見ているのを感じる。射《い》るような眼差しにどんな意味が込められているのか、振り返ることはできなかった。

その日は結局熊五郎ときちんと話ができないまま夜になってしまった。

食事をする時も風呂に入る時も、熊五郎は何も言ってこない。ただ、風呂の時にクマちゃんが一緒に脱衣所に入ろうとしたのを阻止し、ずっと扉の前に陣取っていたようだ。

子供と風呂に入るくらいと軽く考えている湊とは違い、熊五郎にとってそれは何か大きな意味があることらしい。

そのまま部屋に戻り、クマちゃんが現れてから三人分に増えた布団に、湊を真ん中にして横になる。

「……おやすみ」

「いい夢をな」

「……」

気障な言葉を返してきたクマちゃんの頭を軽く撫でた湊は、ちらりと反対側を見た。

その途端、じっとこちらを見ていた熊五郎と目が合ってしまい、慌てて上を向いて目を閉じる。

「……っ」

(……気のせいだよな)

今見た熊五郎の目の中にいつもと違う熱があるような気がしたが、湊はそれを認めないまま目を閉じた。

……。

…………。

……………。

「……と」

（……な……に？）

「湊……」

囁くような声と共に息苦しさが襲った。何度も息をしようとするものの、口の中にはうねうねとしたものがいっぱいにあって、かろうじて鼻で呼吸をするしかない。

身体も全身が押さえつけられて、腕を持ち上げようとしてもできなかった。まるで石を乗せられたような感触に、湊は逃げようともがき、足を振り上げて——。

（え……？）

動かした腿に硬いものが当たり、さらに身体が強く拘束された。

こんな夢から醒《さ》めなければと焦った湊は、起きろ起きろと頭の中で何度も叫び、

「……っ」

ぱっと目を開いた時、視界いっぱいに綺麗な顔があった。

「……んっ」

声を上げようとしたが、その前にするりと頬を撫でた手が寝巻き代わりのＴシャツの中に入ってきて、乳首を摘《つま》まれた。その刺激に、湊は変な声を上げてしまう。ひんやりと冷たく、骨太の長い指が小さなそれを引っ張ったり、指の腹で強く押しつけたり。悪戯というよりは愛撫まがいな行為に、湊は焦ってしまった。

これまでもキスをしたり、何かとくっついてきた熊五郎だが、湊にとってそれはあくまでも《気》を分ける行為だった。少々恥ずかしいが、これも我慢しなければと思えた。しかし、今のこの行為は、どう考えたって《気》は関係なく、湊を感じさせるために動いている。

相手は女の子ではなく、熊五郎だ。

そう思った瞬間、湊は口の中を我が物顔に支配していたものに歯を立てた。

「……っ」

息を呑む気配がし、顔が離れていく。

「く……まっ」

ようやく息ができたような気がして忙しない呼吸を整えた湊は、突然の暴挙に及んだ熊五郎を睨み上げた。だが、熊五郎は湊から視線を逸らすことなく、濡れた唇を舌で舐める。生々しいその仕草にかっと身体が熱くなってしまい、湊は伸し掛かっている熊五郎の身体をどかそうとするが、熊五郎の身体はびくともしない。

「湊は、わしだけのものだ」

「熊五郎っ？」

「他の付喪神にも、人間にもやらないっ」

「んぁっ」

そう言いながら、再び唇が重なった。口の中にはたちまち錆《さ》び臭い味が広がり、それが自分が噛んだ熊五郎のものだということに遅れて気づいた。付喪神にも血が流れているのだと、馬鹿なことが頭を過った。

「ひゃ……あぅっ」

その間にも乳首を弄っていた手が下に下がり、半パンの中から下着の中に侵入してくる。そして次の瞬間、まだ眠ったままのペニスを掴まれてしまった。

初めて感じる他人の手の感触は冷たかった。だが、その動きは熱心で淫らで、巧妙に湊の欲をかき立てていく。

もちろん、湊も何も知らない子供ではない。まだ誰かと身体を合わせたことはないが、己で慰める術は知っていた。しかし、そんな自分でする刺激とはまるで違う強烈な感覚に、情けないほどすぐに猛ってしまった。

(う、そっ)

勃ち上がったペニスが、熊五郎の手のひらを押し広げるようにぴくぴくと動いているのがわかる。ざらついた長い指が、まるで確かめるように裏筋をつっと撫で、先端部分を爪先で押してきた。このまま、先端に指が入ってしまうのかという恐怖とは裏腹に、腹の奥の方から熱いものがこみ上げてくる。

「やっ、やぁっ」

変わってしまいそうな自分が怖くて、湊は必死に逃げようとした。半パンは中途半端に脱げ、熊五郎に尻が丸見えの体勢になる。だが、それを気にしている余裕はなかった。

「く、くまご、ろっ」

湊は手を伸ばし、下肢を弄り続けている熊五郎の手を押さえた。強引に引き離す力はとてもなくて、それでも止めてほしいと手の甲に爪を立てるが、なぜか反対に手の動きが速くなった。

「や、嫌だ、やめっ」

「湊……っ」

「んっつ、あっ、あっ」

下肢に熱が集中し、何かがせり上がってくる。

ここにきて、湊は我慢することができなかった。

「……っつ」

ペニスを握ったままの熊五郎の手を精液で濡らしながら、湊はぴくぴくと小さく身体を震わせる。こんなにも気持ちがいい、そしてこんなにも惨《みじ》めな射精は初めてだった。

耳元には熊五郎の熱い、興奮した息遣いが届く。それだけではない、湊の腿には、硬い感触が当たっていた。布越しにもわかる、これは熊五郎のペニスだ。

（神様の、くせにっ）

欲など超越する存在のはずの付喪神が、こんなにも俗物的になるなんて呆れる。だが、一番呆れるのは、嫌だ嫌だと思いながらも結局射精までした自分自身だ。

濡れたそれにいつまでも未練がましく指を這わせていた熊五郎だったが、湊が動かず、何も言わないことに不安を抱いたらしい。

「……湊？」

相変わらずうかがうような、心配するような声は、悔しいが魅惑的な声だ。女ならばすべてを許しそうになるかもしれないが、生憎湊は男だ。

「……け」

「ん？　なんだ？」

「……どけ」

威嚇《いかく》するほど強く言えなかったが、今出せる精一杯の声で言うと、息を呑む気配がした後にようやく身体の上から重しが退いたように軽くなった。下肢はまだみっともなく乱れているが、ここまできてこそこそ隠すのも面倒だ。

すると、投げ出していた湊の腕に小さな手が触れた。熊五郎のものとは明らかに違うそれに、湊の身体は再び強張った。

「大丈夫か、湊」

「！」

（ク、クマちゃん！）

その時になって初めて、ここにいるのが自分と熊五郎だけではなかったことに気づいた湊は、咄嗟に身体を捩る。こんな恥ずかしい格好を子供に、いや、クマちゃんは子供ではないが、第三者に乱れた自分の姿を見せるなんて考えられなかった。

（くそ……っ、熊五郎の奴っ）

熊五郎の暴走の理由はわからない。いや、理解したくもない。

ただ、暴力をもって従わせようとする考えは許せるものではなかった。

「お前は獣か」

「……クマ……」

まるで湊の心の内を見透かしていたようなクマちゃんの言葉に、熊五郎の声は明らかに動揺したように震えている。

「人がせっかく眠っていたというのに、お前の獰猛《どうもう》な気で目が覚めてしまった。まったく、付喪神が欲に流されてどうする」

クマちゃんの言葉にはまったく動揺の色はなく、そのことに妙に安堵しながらようやく布団から身体を起こした湊は、心の底から深い息を吐く。熊五郎と出会ってから、何度溜め息をついてきただろうかと思うと頭が痛かった。

布団の側で、熊五郎は正座をしている。だが、着物の胸元も裾も乱れていて、今の今まで何があったのかいやでも想像してしまって目を逸らしたかったが、湊はあえてそれを留めた。

視界の中には、熊五郎の乱れた裾の奥の褌が見える。それが目に見えて膨らんでいることに気づいて頬が熱くなった。今のは《気》を取り込むための行為なんかじゃない。熊五郎が自分に欲情しているという証を突きつけられた今、湊はもう我慢できなかった。

「捨てるから」

「湊？」

「俺の頼みを聞いてくれなかったんだから、俺だってあんたの頼みを聞いてやる必要はないよな」

それも、こんなにも男としてのプライドを傷つけられて、まだ《気》だの《愛情》だのを分け与えてやるなんてお人好しなことはできない。

「すまないっ」

ガバッという音が聞こえそうなほど勢いよく頭を下げた熊五郎は、額を畳に擦りつけながら言った。

「こやつが現れてから、湊の関心がわしから離れていくようで……どうにも我慢ならなかったっ」

「……」

「湊はわしだけのものだったのにっ、わしはっ、わしは……っ」

（そこから違うっていうんだよっ）

湊は湊自身のもので、たとえ両親であっても所有することはできない。得体のしれない付喪神だと言い張っている男に自分のものだと言われても、素直に頷けるはずがなかった。そもそも、非現実的なことなど信じない自分がここまで譲歩し、二人が付喪神として存続できるためにと受け入れた行為が、性的な欲情で踏みにじられてしまったようで悔しい。自分の感情だけをぶつけてくる熊五郎に対し、湊は抑え切れない怒りがこみ上げてきた。

「湊っ」

「出て行け」

「みな……」

「出て行けよっ」

叫ぶように言うと、熊五郎の顔が悲痛に歪んだ。これでは自分の方が苛めた気分になる。そう思わせる熊五郎が卑怯《ひきょう》だと感じた。

「早くっ」

重ねて言うと、ふっと熊五郎の姿が消えた。それこそ、まるで煙のように消えたのだ。

湊は視線を動かし、部屋の隅を見る。そこには、いつものように木彫りの熊があった。

「……」

じっと見ていても、熊五郎は現れない。あれだけ強く言ったのだ、簡単に姿を見せられないと思っているのかもしれない。

軽く首を振り、髪をくしゃくしゃとかき回す。そうすると、俯いた視線の先に、精液で濡れた己のペニスが見えた。

「くそっ」

湊は吐き捨て、新しい下着に穿き替えるために立ち上がる。一瞬足がふらついたが、意地でも倒れるつもりはなかった。

その時にまだクマちゃんが側にいることに気づいたが、今はフォローを入れる気力もない。

むしろ、クマちゃんにも消えてほしいと思う自分がいて、湊の内心は嵐のようにざわめいていた。

翌日。

湊はろくに眠れず、起き上がった時も頭が重かった。

本当ならこのまま布団に横になっていたかったが、そうすると母が起こしに来るのは目に見えている。

しかたなく起きた湊は襖を開けた。

「うわっ」

開けた途端、狭い廊下に座り込んでいた熊五郎の背中があった。さすがに驚いて声を上げた湊を熊五郎が仰ぎ見る。たった一夜でやつれたというか、誰が見ても深刻だという様子が丸わかりだが、湊は何も声を掛けずにその隣をすり抜けた。

(熊の中に戻っていたんじゃないのかよ)

付喪神が人間の姿を保つのにどれだけの力がいるのかはわからない。だが、湊はもう熊五郎に対して《気》も《愛情》も与えるつもりはなかった。自分の意思に反してあんな恥ずかしいことをされたのだ、それでも《愛情》を注げるほどお人好しではない。

階段を下りる湊の後ろを、熊五郎はいつものようについてくる。いや、いつもは鬱陶しいほど湊に絡んでくるのだが、さすがに今日は一定の距離を置いていた。

「はよ」

「おはよう」

リビングに行くと、既に父が新聞を読みながらくつろいでいた。その向かいには、ちゃっかりクマちゃんも座って紅茶を飲んでいる。

母に言われ、初めて紅茶の茶葉というものを買ったが、クマちゃんは気に入ったらしく毎朝必ずそれを淹れて飲んでいた。

「おはよう、湊」

「お、はよ」

クマちゃんの顔を見た瞬間、湊の頭の中に昨夜の光景が鮮《あざ》やかに蘇った。あんな場面を見られたことに羞恥を覚えた。一方で、あの場では一番冷静だったクマちゃんを少しだけ薄気味悪く感じてしまうのも事実だった。

「熊五郎くんも、おはよう」

当然のことながら、昨夜何があったか知らない父は熊五郎に対しても普通に挨拶をしている。それに対し熊五郎も返していたが、元気がないのは丸わかりだった。

「……顔洗ってくる」

湊は洗面所に向かい、顔を洗った。鏡に映る自分の顔はいつになく険しい。友人たちが見たら、いったい何があったのかと騒ぎ立てるかもしれない。

それもこれも、全部熊五郎のせいだ。

「……ったく」

それからしばらく、湊は熊五郎を無視した。

事情を知らない家族からは責められてしまったが、ヘラヘラと元通りに振る舞うには事は重大過ぎた。

——それでも。

「……湊」

「……おはよ」

「おはよう」

あの夜から三日目、おずおずと声を掛けてきた熊五郎に、湊は返事を返していた。

その途端、男前の顔が歓喜に輝くのが見えてしまい、なんだかなと複雑な思いが胸の中を過る。

「……」

（土曜日か）

今日は土曜日、ちょうどクマちゃんである熊のぬいぐるみを見つけてから一週間だ。気持ちとしてはもう一カ月くらいたったのではないかという濃い時間だった。

そこまで考えた湊は、唐突に決めた。それは、熊五郎に自分以外の新しい所有主を探すことだ。

あの後、熊五郎は何度も必死に謝罪してきた。

はじめはどうしても許せないと思っていた湊だったが、平身低頭《へいしんていとう》の相手に怒り続けるのは意外に難しかった。

もちろん、簡単に許せることではなかった。女ではないのに、いや、男だからこそ、組み伏せられた時のあの恐怖と屈辱はいまだ湊の中に残っている。それでも、その理由が《湊の関心が薄れるのが怖かった》というあまりにも子供っぽい理由だったせいか、時間がたつと脱力してしまったというのも正直な気持ちだった。

熊五郎の感情は、母を恋う生まれたばかりの赤ん坊と同じだ。付喪神として、それが正しいあり方なのかどうかはわからないが、熊五郎にとってはそれほど（気を貰う相手）が重要なのだろう。

そう考えると、熊五郎のためにも欲など感じる相手ではなく、かつ熊五郎を大切にしてくれる相手に持ち主になってもらった方がいいのではないか。

あの夜、怒りのまま手放すと言ってしまったが、冷静に考えた今湊は、熊五郎のためにも自分の側から離れた方が良いのではないかと思った。

今日はフリーマーケットがない日だが、週末の駅前ならば人はたくさんいる。その中で、熊五郎に合う《気》を持つ者が現れないとも限らない。いや、駅前にいなかったら都内に出たっていい。あれだけの人の中になら絶対にいるはずだ。

熊五郎が気に入り、湊に向けているような笑顔を浮かべ、常に側にいて……もしかしたらまた、熊五郎が同じような行為をしてしまうかもしれない人間。

「……」

胸がざわめくのは、きっと気のせいだ。

湊は唇を引き結んで足早にリビングに戻る。

「熊五郎、出かけるぞ」

「湊」

湊の方から話しかけると、熊五郎の顔が嬉しそうに綻ぶ。無垢《むく》なその表情に後ろめたさを感じ、湊はその顔から目を逸らした。


朝食を済ませた湊は、父の運転で駅前へと向かった。

はじめはバスで行こうと思ったが、持っていくつもりの木彫りの熊はかなりの荷物だ。それに、熊五郎は着替えさせずに着物のままでと言ったので、人目につかないように父の申し出に甘えることにした。

「……」

「……」

横顔に、探るような熊五郎の視線を感じたが、湊は何も言わなかった。

単純に湊に許され、一緒に出かけることができると喜んでいた熊五郎も、湊が木彫りの熊を持ってきたことに対してなんらかの不信感を抱いたらしい。何度ももの言いたげに声を掛けようとしてきたが、湊が意識的に黙殺していた。

駅前のロータリーに車を停めてもらい、湊は荷物を抱えたまま降りる。その後に、熊五郎とクマちゃんも続いた。

「クマちゃん」

「我も共におる」

「……」

熊五郎に対しては複雑な感情を抱いている湊だったが、クマちゃんに対しては変なものを見せて申し訳ないという思いの方が強い。なので、これから自分がしようとすることをクマちゃんが見てどう思うのか、それを考えたらすぐに頷くことはできなかった。

「みーくん、どうした？」

何も知らない父が、固まったように動かない湊に声を掛けてくる。

それに我に返った湊は、無理に笑った。

「なんでもない。ありがとう」

「迎えに来るから電話しなさい」

「うん」

走り去る車を見送った湊は、そこでようやく周りに目を向ける。土曜の昼近く、駅前には思った通り大勢の人がいた。そんな通りゆく人々の目は、自然と着物姿の熊五郎に向けられている。無理もない、涼やかな容貌のイケメンが、しっくりと着物を着こなしている様は目を引くのに十分な要素だった。

そして、それこそが湊の目的だった。

「……こっち」

駅前の噴水の縁に腰を掛けた湊は、抱えていた風呂敷を解いていく。そして現れた木彫りの熊を足元に置き、熊五郎を手招きした。

「湊、わしは……」

「これ、持って」

風呂敷の中には、家を出る前にノートを破って書いたものが折りたたんで一緒に入っていた。それを熊五郎に手渡すと、戸惑いながらも受け取る。

「……十円？」

「それ持って、ここに立って」

「いったい……」

「いいから」

「……わかった」

胸の前に紙を掲げた状態で熊五郎は立った。それには太いペンで「十円」と書いておいた。

ごそごそと動いている時からこちらを見る視線があったが、熊五郎が紙を持った辺りでそれはさらに強くなる。

そして、

「あの」

数分もせず、二人連れの女子高生らしい少女たちが湊に話しかけてきた。

「これ、十円って何？」

「こいつの値段」

「値段？」

「えっ」

少女たちの驚き声と同時に、熊五郎の顔色が変わったのがわかった。

熊五郎ももしかしてと思っていたのかもしれないが、湊がはっきりと公言したことでそれは事実になったのだ。

付喪神に値段をつけられるものではないし、熊五郎の容姿は十分女性を引きつけられる。ただ、普通に声をかけたらナンパだと思われかねないし、あくまでもこれは取引だというつもりで、湊は十円という値段をつけた。

湊はちらりと熊五郎を見た。「どうして」とか「嫌だ」とか言うと思ったが、意外にも熊五郎は何も言わない。ただ白く見えるほど蒼褪《あおざ》めた顔で、湊の方を見ているだけだ。

「え〜、でも十円って」

「何かの撮影じゃない？」

「そうかもっ」

真剣な湊と熊五郎とは対照的に、少女たちはそれを冗談か作りごとだと思ったらしい。きょろきょろ辺りを見ながら歓声を上げる様子に、周りにいた他の女性たちもわらわらと寄ってきた。

彼女たちも最初の少女たちと同じように考えたらしいが、きゃあきゃあ言いながらベタベタと熊五郎に触り始める。並んで写真を撮る者も現れて、あっという間にちょっとした人だかりになってしまった。

「いたっ、何、これ？」

そんな中、一人の足に木彫りの熊が当たったらしく、怪訝そうに下を向く。

「熊？」

「なんでこんなものがあるの？」

当然だが、彼女たちには熊五郎＝木彫りの熊ということはわからない。彼女たちにとっては目の前のイケメンこそが重要であって、土産物によく見る置物など関心が向かなかった。

何人かの足に当たり、木彫りの熊が転がる。少し離れた場所に立っていた湊は、自然に身体が動いていた。

「ちょっと」

「え？」

「きゃあっ」

「ごめんっ」

屈んだ体勢に、変なことをするのかと非難の声がぶつけられたが、湊は謝りながら木彫りの熊を手に取り、人だかりから抜ける。地面に擦られたせいで少し傷がついてしまったのを見て、湊は眉間に皺を寄せながら指を這わせた。

周りにいる者は熊五郎と木彫りの熊はセットだとわかっていないのは当然だが、人型と違って見向きもされない置物はなんだか哀れを誘う。

（この置物だけだったらな……）

ふと置物の後ろを見れば、掠れたマジックの文字があった。拙《つたな》い、ようやく字が書けるようになったばかりような、子供の文字。

「……くま……ころ……」

誰が書いたなんて考えなくてもわかる。

これを書いた時、自分はいったいどんな気持ちでこの木彫りの熊を見ていたのだろうか。それほど愛着を持っていた物を、なぜこんな方法で手放そうとしているのか。

付喪神と、それにつかれている置物はやっぱり一緒にしておいた方がと漠然と考えていると、それまで煩いくらい騒いでいた女たちの声が途切れたことに気づいた。

どうしたのかと慌てて視線を向ければ、噴水脇に立っている熊五郎は遠巻きにされている状態で——。

「ちょ……」

いや、立っていると思っていた熊五郎はその場に正座をして頭を下げていた。固く結ばれた手は膝の上に置かれ、長い髪は地面についている。

こんな時なのに、湊はまるで武士のような潔さをその姿に感じてしまった。

「熊五郎……」

大人の男が、付喪神という変わった存在だが、こんな大勢の人間の前で頭を下げている姿は衝撃的だった。

やがて、顔を上げた熊五郎は真っ直ぐに湊を見た。

「わしには、湊だけだ」

響く声が、湊の心を揺さぶる。

「わしには、湊しかおらん」

熊五郎の視線を辿った周りが、責めるように湊を見ている……感じがする。少なくともその理由が湊にあることを漠然と感じ取っているのだ。

「……すまなかった」

「……っ」

すぐに反論しようと思ったが、口を開きかけて……結局噤《つぐ》むしかなかった。直球な言葉に、それ以上責めることはできなかったのだ。

（……くそっ）

これは、熊五郎のためだ。湊はそう自分に言い聞かせていたが、目の前の熊五郎の姿を見てしまうと、そんな自分の思いはただの傲慢《ごうまん》なものとしか思えなくなった。

もちろん、そうするには理由があったのだが、そこに熊五郎の意思はあったのかと言われたらどうだろうか。だいたい、熊五郎のあの暴挙も、それほどに湊に執着していた熊五郎の心を軽く見て、気づかってやれなかったせいだ。

望んで好かれているわけではないが、結局は気持ちを弄《もてあそ》ぶことになってしまった。

「熊五郎っ」

湊が呼ぶと、その古めかしい名前の響きにざわめきが再び起こる。しかし、当の熊五郎は真っ直ぐに湊の側に歩み寄ってきた。

「……」

「……」

「……」

「湊……」

「俺は、まだ許してないから」

「……わかっている」

熊五郎は神妙に立ち竦んでいる。自分より遙かに背が高く、逞しい身体つきのはずなのに、今はとても小さく見えた。

周りに人がいるので直接的なことは言えないが、それでもこの場できちんと念を押す。

「もう二度と、変なことするなよ」

これに懲《こ》りた熊五郎はすぐに頷くと思った。

「……できん」

「はぁ？」

「その約束は、できん」

「熊五郎っ」

ここは嘘でも頷くところだと眉間に皺を寄せるが、熊五郎も頑《かたく》なだった。

「ねえ、変なことって……」

「まさか……」

ひそひそとした声が耳に届き、湊は居たたまれなくなる。自分たちの関係をはっきり予想できなくても、頭の中で好き勝手に想像されるのは嫌だった。それに、いつまでもこんなところにいて、知り合いに見つかったらさらに面倒なことになりそうだ。

しかたなく、湊の方が妥協した。

「じゃあ、人の意思を尊重しろ。それくらいできるだろ」

「わかった」

湊が引いたことがわかったのだろう、ようやく熊五郎が嬉しそうに笑う。満面の笑みではなく、目を細め、口元を緩めるだけだが、イケメンの微笑みは効果絶大で、そこかしこから歓声が沸いた。

熊五郎を手放さないとなるとこれ以上ここにいる必要はなくなってしまい、湊はその場から早々に立ち去ろうとした。だが、まだ頬を濡らしている熊五郎が気になった。拭いてやろうとポケットを探るが、生憎ハンカチはない。着物姿の熊五郎はどうしようもないだろうと、湊はしかたなくシャツを引っ張って乱暴に顔を拭った。

「湊っ、肌を見せるなっ」

だが、そんな湊の行為を、熊五郎は必死になって押し止めてきた。

「……馬鹿か」

男が肌を見せたくらいで慌てることはない。

焦る熊五郎に呆れた湊は、下からシャツを引っ張られた。

「あ」

「我のことを忘れておっただろう」

「ごめん」

そう言ったクマちゃんに誤魔化しは利かないようで、湊はすぐに腰を屈めて頭を下げる。すると、クマちゃんは手を伸ばして湊の首に抱きついてきた。

「お前っ」

色めき立つ熊五郎とは違い、クマちゃんはにんまりと笑った後、

「おにいちゃん、おトイレ」

と、今まで聞いたことがない愛らしい言葉を口にする。

外見はともかく、立派な紳士同然のクマちゃんのいつもとは違う様子に、湊はどうしたのかと焦ってしまった。

「クマちゃ……」

「ねえ、はやく」

重ねて言われ、
ようやくクマちゃんが助け舟を出してくれたことに気づいた。

湊はクマちゃんを抱き上げ、熊五郎を振り返る。

「行くぞっ」

子供連れに無理強いはできないのか、走る自分たちのあとをついてくる者はいない。そのことに安堵した湊は、腕の中のクマちゃんを見下ろして礼を言った。

「ありがとう、クマちゃん」

「湊のためだ、気にすることはない」

「……さすが」

やはり、この口調の方が耳に馴染む。思わず笑ってしまうと、クマちゃんはもう一度笑って湊の頬にキスをしてきた。愛らしい姿の子供にキスされても嫌ではなく、むしろ微笑ましいとさえ思う。

外見というのは、本当に馬鹿にならないものだ。

「み、湊っ」

ただ一名、納得できない者がいたようだが、湊は特別なフォローをするつもりはなかった。


（やはり湊は優しい）

湊が父親に連絡し、迎えの車を駅の広場とは反対側で待つことになった。自分は気にしないが、この世では着物がたいそう目立つらしく、目立つことの嫌いな湊はかなり人目を忍ぶ場所を選んでいた。

「あんたのせいだよ、まったく」

文句を言われても、熊五郎の顔から笑みは消えない。

今朝の様子で、湊が本気で自分を手放そうとしていることが伝わった。ようやく湊と言葉を交わせるようになり、側にいることを許してもらったのに、己が欲を制御できないせいで、この幸せを手放してしまうのかと絶望が心を支配した。

女々しく取り縋っても、湊は許してくれない。

もう、湊と一緒にいられないのかと思うと無意識のまま涙が流れてしまい……溢れ出る思いが口から零れていた。

自分が湊を思うほど、湊は自分のことを思っていない。それはわかっていたが、依代《よりしろ》である木彫りの熊をもう一度拾ってくれた時、熊五郎はやはり自分には湊しかいないと確信していた。

「貸しだぞ」

すぐ隣に座った子供……クマが、嫌味ったらしく口元を歪めている。湊には可愛らしい顔しか見せないのに、熊五郎に対してはいつだって辛辣《しんらつ》だ。頭にくることは多いが、今回はこのクマの振る舞いで湊の気持ちが和《やわ》らいだことも事実だ。

「……わかっている」

クマにあいすとやらを買ってくるために席を外している湊の姿を探しながら淡々と告げると、クマはさらに続けた。

「湊が我を好くのも時間の問題だな」

「……ありえん」

湊のことを一番必要とし、大切にできるのは自分だけだ。
それを自覚している熊五郎は、クマの挑発に乗らずにきっぱりと言い切った。

第五章　必死な熊さんは

目が覚めたら、愛しい存在がそこにいる。

その幸せを噛みしめながら、熊五郎はまだ眠りの中にいる湊にそっとくちづけた。男にしてはぽってりとした唇はとても柔らかで、その唾液は蜜のように甘い。もっと深く味わいたいが、これ以上激しくすると湊は目覚めてしまい、きっと怒鳴りつけてくるに違いない。

つい先日、暴走してしまった自分を許してくれたばかりで、また怒らせることは本意ではなかった。

そうは思いながら、熊五郎の手は自然に湊の艶やかな髪を撫でる。こんなにも美しいのに、男気のある性質。

(本当に、こんな人間がいるとは……)

「早う、わしのものになってくれ」

「まったく」

そんな熊五郎の耳に、嫌味なくらい不遜《ふそん》な声が聞こえてきた。

「湊はお前だけのものではないぞ」

「……」

「そこをどけ」

もちろん、その命令に従うことはないのだが、熊五郎は少しだけ身をよける。すると、その空いた隙間に入り込んだクマが、熊五郎がしたように湊にくちづけるのが見えた。

（……くそ）

湊が自分だけのものだという気持ちは今でも変わらないが、同じ付喪神のクマが湊の《気》を必要としていることもわかっている。長い年月を経て、ようやく付喪神という意思を持つ存在となったからには、忘れ去られ、再びただの《物》に戻ってしまうのは嫌だ。

《気》を分けてもらうには、いくつか方法はある。手を握り合ったり、抱きしめ合うだけでもいいのだが、やはり《生》に一番近いものがより濃厚な《気》として受け取ることができた。今のところそれは湊の唇から吸うというもので、熊五郎だけでなくクマも当然のようにそれを行使している。

湊がはっきりと熊五郎のものになると宣言していない今、拳《こぶし》を握りしめながらも不本意な気持ちを抑え込むしかなかった。

熊五郎にとっては気の遠くなるほど長い時間の後、ようやく顔を上げたクマはこちらを見てにやりと笑う。

「相も変わらず、湊は美味い」

熊五郎よりも年上だが、外見は幼い子供の姿のクマ。

その容姿も悔しいが愛らしさを見事に具現化《ぐげんか》したもので、だからこそ湊も避けることなく受け入れているのが羨ましくてしかたがなかった。

熊五郎が抱きしめたら肘鉄を食らわしてくるのに、クマが抱きついても湊は笑いながら抱きつかせたままだ。

愛しいと思う気持ちのまま、すべらかな頬に唇を寄せれば遠慮なく蹴り飛ばされるのに、クマがくちづけてもくすぐったそうに笑うだけで、力任せに引き離すことはない。

一度や二度ではない。事あるごとに自分とは反対の対応をされてしまい、さすがに熊五郎も落ち込んでいた。

「お前は……」

「お前などに、お前と呼ばれとうはないな。年上を敬《うやま》う気持ちはないのか」

「……っ」

付喪神にとって、外見はまったく重要ではない。どんなに幼い姿でも、どんなに年老いていても、結局は神となるまでの年月が大きな意味を持っていた。いや、付喪神にならせてくれた人間の愛情の大きさも――。

そこまで考えた熊五郎の目は、再びまだ眠っている湊に向かう。と、伏せられた睫毛《まつげ》が僅かに震えたのがわかった。

「ん……」

同時に、むずかるような声の後、湊の瞼《まぶた》がゆっくりと開く。澄んだ眼差しがすっとこちらを見るだけで、熊五郎はどきりと胸が高鳴った。

湊は眠そうに目元を擦った後、少しだけ口元を緩める。どうやら機嫌はよさそうだと熊五郎が声を掛けようとするが、

「おはよう、湊」

その前に、湊のすぐ側にいたクマが腰に抱きついた。

湊は笑いながらその頭を撫でている。熊五郎が同じことをしたら、きっと「重い」と突き放されてしまうだろう。熊五郎としては湊に抱きしめられてもいいのだが、湊はべたべたと引っつくことをあまりよしとしなかった。

「おはよう、クマちゃん」

笑いながらクマを見た湊の視線が、続いて熊五郎に向けられる。その目の中に、己への愛情があると思うのは願望のなせる業《わざ》なのかもしれない。

「おはよう、熊五郎」

「おはよう」

「よし、起きるか」

湊が熊五郎を手放そうとしたのは、つい三日前のことだ。

湊を永遠に失ってしまうかもしれないという恐怖に震えていたあの時を考えれば、今はとても幸せだ。男らしい湊は一度許すと決めたからか、あれから熊五郎に対して捨てようとしたり、拒絶するような態度は取らない。

そのことに心から安堵するものの、熊五郎の中の不安はいまだ消えることはなかった。

「おはよう、みーくん」

着替えた湊と共に一階に下りると、湊の父である新がにこやかに声を掛けてきた。

「熊五郎くんも、クマちゃんもおはよう」

「おはよう」

「おはよう、ぱぱ」

クマが言うと、新の顔が笑み崩れる。どうやら新は愛らしいものが好きらしく、ことさらクマを可愛がっていた。クマも、わざとらしく「ぱぱ」などと呼んでいる。あざといが、クマが言うととても可愛らしいのは事実だ。

(もしや……湊も？)

新のように、そもそも愛らしいものが好きなのだとしたらどうだろうか。

熊五郎は愕然とした思いで己を見下ろした。湊よりも高い身長に、大きな身体。そういえば裸身を見た時、湊はとても驚いたようだった。

木彫りの熊の付喪神なので、体格がいいのも当たり前だ。ただ、それが湊にとってあまり好ましいものではないとしたら、少し考えなければならないかもしれない。

「熊五郎？」

いつの間にか、みんな食卓に着いている。残っていた熊五郎は湊の隣に座った。反対側には当たり前のようにクマが座っている。

「じゃあ、いただきます」

この家族は、朝食と夕食を揃ってとる。みんなが仲良く、とても清浄な雰囲気を持っている。新は穏やかな気で家族みんなを包んでおり、亜沙子の気は明るく家族を照らしている。沙紀も真っ直ぐな気質だし、湊は当然、とても清浄で、芳醇《ほうじゅん》な気の持ち主だ。

こんなにも素晴らしい家族と、湊と、今この時に再会できたのはとても幸運なことかもしれない。

幸せに、じんわりと熊五郎の胸の中が熱くなる。こんな時、己に《心》が生まれたことを感じるのだ。

食事が済むと新は仕事に、母親の亜沙子はぱあとに出て、妹の沙紀は学校のぶかつとやらに出かける。家に残るのは湊と熊五郎、そしてクマだけだ。

大学生の湊は今は夏季休暇で、ばいととやらもない。本人は暇を持て余しているようだが、ずっと側にいられるのは嬉しかった。

「湊、髪を梳《す》いてくれ」

「はいはい」

床に座っててれびを見ていた湊は、クマの言葉に来い来いと手招きをする。ちゃっかりとその足の間に座ったクマは、湊に髪を触られて嬉しそうだ。

眩いばかりの金の髪に楽し気に触れている湊の側に腰を下ろし、熊五郎は思い切って尋ねてみた。

「湊は、愛らしいものを好むのか？」

「へ？」

湊は不思議そうに熊五郎を振り返る。クマではなく、自分に視線が向けられたことが嬉しかった。

「愛らしいもの？」

「……」

「……って、クマちゃんとか？」

呟くように言い、湊が目の前のクマを見下ろす。

「別に、可愛いものが特に好きってわけじゃないけど……まあ、嫌いじゃないかな」

わかりにくい言い回しであるものの、湊は明らかに、自分よりもクマを気に入っている。抱きしめられるよりも、己が抱きしめることを好んでいる。男ならば当然かもしれないが、熊五郎は湊を愛でたいのだ。甘い身体を味わい、その眩いばかりの《気》を己だけのものにしたい。

そうするには、何をしたらいいのか。

「ちょ、ちょっと、熊五郎っ？」

「……なんだ？」

「手！」

「……手？」

湊の言葉を繰り返し、少し置いてから己の手を見下ろす。気づかなかったが、いつの間にか強く拳を握りしめていたせいで、爪が手のひらに食い込んでいた。

「何してるんだよっ」

怒ったように言った湊が手を取り、力任せに指を広げていく。

「あ〜あ、ったく、自分の力くらい加減できないのか？」

文句を言いながらもすぐさま立ち上がり、小さな箱を持って戻ってくると、熊五郎の手を持って治療を始めてくれる。

人間の手によって付喪神となった熊五郎は痛みも感じるし、反対に快感もある。傷は人間が治療するのとは違い、新たな気を注いでもらうことによって癒えるのだ。

熊五郎のこの傷も、湊に気を貰えればすぐに治る。しかし、こうして心配してもらい、触れてもらうことこそが、とても嬉しくてしかたがない。

「気をつけろよ。あんた、無駄に力が強いし」

怪我をしたこと自体には文句を言いつつ、その理由は尋ねてこない。それが湊の優しさだと、熊五郎の胸の中はさらに湊のことでいっぱいになっていく。

元々《物》から生まれる付喪神には、強い欲求はない。熊五郎も、己を作ってくれた者から、湊の父である新まで、みなに感謝し、平等の慈愛を注いできたつもりだった。しかし、湊は違うのだ。湊にだけは苦しいほどの独占欲を抱くし、たまらなく愛しいと思ってしまう。

湊だけが、熊五郎の特別なのだ。

いったいいつから、どうしてそんな気持ちになったのか、今の熊五郎にはわからない。ただ、この存在がなくなってしまうことなど考えられない。

「よし」

ぺったりとしたものを貼られ、どうやら治療は終えたらしい。湊の小さく、柔らかい手が離れていくのを見送るのは寂しかった。

「悪いな、クマちゃん」

そうして、湊はまたクマの後ろに座ると髪を梳き始める。その途端、クマがこちらを見て口元を緩めるのを、熊五郎は苦々しい思いで見つめていた。

己とクマは、いったいどれほど違うというのか。

湊が席を外している間、熊五郎はつぶさにクマを観察した。

「見るな。我はお前のような無骨《ぶこつ》な輩《やから》に見られるだけで、繊細な胆が細る」

口から出る言葉はじじ臭いが、外見が愛らしいことは認めなくてはならない。熊五郎の腰にも足らぬ身長に、折れそうな細い手足。

肌は色白で、頬は桜のような薄紅色だ。

「手を出せ」

「はぁ?」

「早く」

己とは違う肌の触感を確かめたくて言えば、クマが胡乱《うろん》な目つきで睨んできた。

「なんだ」

「……我のように愛らしい幼子が好きと……」

「ないっ!」

冗談ではない。熊五郎はクマには興味がないどころか、疎《うと》んでさえいるくらいだ。

クマに注がれる湊の関心を戻す方法を、熊五郎はずっと考えていた。熊五郎の目から見ればあざとい仕草《しぐさ》も、湊には可愛らしく映るらしいが、とても同じことはできない。

湊に可愛がってもらうために、どんなふうに可愛らしくなったらいいか、少しでも似たところを探したい一心でしていることを、クマ自身を狙っていると誤解されるのは心外だった。

「ただ、わしは湊が愛らしいものが好きだと……」

「確かに、我は愛らしいからの。ほれ」

そう言って目の前に伸ばされたほっそりとした腕は、当然ながら産毛さえないつるつるとした肌だ。改めて突きつけられた己との大きな相違に愕然としていると、湊が戻ってきて声を掛けてきた。

「何やってんだ？」

「いや……」

湊は一瞬眉を顰めたが、すぐに気を取り直したように話しかけてくる。

「熊五郎、風呂だって」

「……湊も」

すぐさま誘いをかけるが、湊はあっさりと切り捨ててくる。

「あんたは、もう一人で入れるだろ」

その言い方に嫌な予感がして、熊五郎は声音を落とした。

「……クマは」

「クマちゃんはまだ小さいから、洗ってやらなくちゃいけないしな」

一番年齢の高いクマに小さいという言葉は相応しくないはずなのに、その容姿だけで構われているのが恨めしい。

だが、今は湊を怒らせることをしたくない熊五郎は、肩を落として一人風呂へと入った。

人型になってから、食べることももちろん、風呂に入るということも熊五郎には楽しい日常生活になった。熱い湯に肩まで浸かり、深い息を吐く。

「いい湯だ……」

ここに湊がいればもっと最高なのだがと顔を上げれば、目の前に鏡があった。

「……」

湯気に曇っている鏡に湯を掛ければ、己の姿がはっきりと見える。

黒髪に、黒い瞳。鼻は高く、唇は少し厚くて、頬は鋭角だ。肩から腕にかけてもしっかり筋肉はついていて、手足も大きくて長い。

何度か湊と共に町に出て、どうやらこの人型は人間の女には好まれるらしいことを知った。だが、湊の目にはあまりいいように映っていないのかもしれない。

男ではなく、女型ならばよかったのか、それともクマのように、幼い容姿ならば湊に好かれたのかと様々な考えは浮かぶが、この姿で付喪神になったからには、新たな姿に変化はできなかった。

どちらにせよ、今のままでは駄目だ。

ふと、以前一緒に風呂に入った時のことを思い出した。あの時は湊に髪を洗ってもらい、この上なく幸せな思いをした。

『……毛深いよな』

『ん～、俺自身あんまり毛深い方じゃないからなぁ』

熊五郎は己の身体を改めて見る。腕や足の毛はそれほどではないと思うが、胸から腹、そして下肢にかけての毛は、少し濃いかもしれない。考えれば、これがなければ、湊はもっと熊五郎に触れてくれる可能性もあるのだ。

「どうするか……」

ここに短刀か剃刀があればすぐにでも剃り落とすことができるが、生憎そのたぐいの刃物はなかった。だが、よくよく見ていると、身体を擦る泡状の液が入っている筒の側に、ある道具があった。それは、朝顔を洗う新が薄い髭《ひげ》を剃る時に使っているものだ。熊五郎が知っている刃物の形ではないものの、この場にはそれしか見当たらない。

熊五郎は湯船から出て改めて手に取り、刃先を見る。少し小さいが、それでも身体の毛を剃ることは可能のようだ。

そうと決まればと、熊五郎はその場に腰を下ろし、胡坐をかく。その体勢に、我ながら濃い下毛の中に眠る陰茎がすぐに目に入った。今はおとなしくしているが、あの時、湊の陰茎を強引に手にした時、これは今までに感じたことがないほど熱く、猛々しく成長し、今にも湊の最奥《さいおく》を犯そうとしていた。

湊が男だとはもちろん承知している。しかし、それでも湊を欲しいと思った。繋がる場所があるというのは本能でわかっている。そこを、己の陰茎で貫けば、湊と身体でも結ばれるということも。

そこまで考えた時、熊五郎は見下ろす陰茎が少し勃ち上がったのがわかった。滾《たぎ》る想いは、そのまま身体の反応となって表れたらしい。それほど湊のことを思っているという証《あかし》のようで、誇らしくもあった。

だが――。

「……この毛が邪魔だ」

身体を小さくすることは今さらできないが、毛をなくすことはできる。毛がなくなれば、少しは可愛くなれるかもしれない。触れて、湊に気持ちがいいと思ってもらうためならば、熊五郎はどんなことでもするつもりだ。

はじめは、簡単な腕に刃を当ててみた。鈍い感触と共に、その道具が滑った後は綺麗に毛が剃れている。しかし、少しだけ肌が引き攣《つ》れる感触がして、どうも落ち着かない。

「……泡をつけてみるか」

身体を洗う泡を塗りつけ、もう一度刃を滑らせる。すると、今度はすっと刃が動いた。肌が引き攣れるような感覚もない。

「よし」

熊五郎は順調に左腕の毛を剃り、続いて右側も剃った。思った以上に綺麗になり、思わず口元が緩む。あとは足、続いて胸から脇、腹へ、そして下肢の毛をすべて剃ってしまえば、湊が望む《可愛い存在》に近づけるはずだ。

右足の毛を剃って一度湯で流した熊五郎は、もう一度右足に泡を塗りつけ、さらに刃を滑らそうとした。

「熊五郎、長いけどだいじょ……」

その時だ。いきなり戸が開き、湊が顔を覗かせた。

「……」

「……」

なぜか目を丸くした湊は、熊五郎の頭から足を何度も見つめ直している。

「どうした、湊」

わざわざ湊が顔を出してくれたことが嬉しくて、熊五郎は軽やかな口調で声を掛けた。

(……あ、もしかしたら、もう気づいているのか?)

腕と片足の毛を剃ったことに気づき、既に湊は熊五郎を可愛いと思い始めているのかもしれない。そう考えると嬉しさが止まらず、熊五郎はいそいそと下肢を見た。早くここも綺麗にして、湊に「可愛い」と撫でられたい。

「少し待ってくれ、すぐに剃る」

湊が現れたことによって、陰茎がますます勃ち上がってくる。その姿を見られるのは少々恥ずかしいが、剃り易くはなった。熊五郎はそのまま下毛に泡を絡ませ、張り切って道具を持ち直した。

「うわぁっ、待って！」

だが、その途端湊は服のまま中へと入ってきて、熊五郎が手にしていた道具を取り上げてしまった。

「湊？」

「ど、どうしてこんなことしてるんだ？」

怒ってはいないようだが、湊はなぜか戸惑った顔をしている。どうしてそんな顔をするのかわからないまま、熊五郎は己の素晴らしい思いつきを告げた。

「毛がなくなれば、わしは愛らしくなるだろう？」

「は？　愛らしいって、毛って、毛？」

「湊は、つるつるの肌が好きだしな」

「……」

「……」

「え？」

「違うのか？」

「いやいやいや、可愛いと毛がないのとどこが繋がってるんだよっ。とにかく、変なことはするなよっ。さっさと身体を洗って出てこい！」

突然怒ったように言い、湊はそのまま出て行く。

湊の剣幕《けんまく》に驚いた熊五郎はしばらく固まっていたが、やがて機械的に湯を浴び、脱衣所に出た。湊が何に怒ったのかわからないが、どうやら己がしたことは間違いだったらしい。

（湊……）

せっかく素晴らしい思いつきだと思ったのに、反対に湊を怒らせてしまった。熊五郎は深く落ち込み、身体を拭く手も重く感じる。

黙々と寝巻き代わりの浴衣《ゆかた》を身に着け、熊五郎は居間に向かった。だが、そこに湊の姿はなく、新がてれびを見ていた。

「新、湊は……」

「部屋に戻ったよ。熊五郎くんが風呂から出たら来てくれって言っていたけど」

「……そうか」

クマもそこにはおらず、きっと今頃は湊の部屋に二人きりでいるはずだ。その光景を想像した熊五郎は足早に階段を上がる。

襖を開けると、既に敷かれた布団の上に湊は胡坐をかいて座っていた。当然のようにその隣にはクマがいる。

「……」

「ここ、座って」

熊五郎は湊の言った通り、少し離れた畳の上に腰を下ろした。

湊はまだ普段着のままだったが、その顔には先ほどの驚きや怒りはなく、どちらかと言えば困ったように眉を下げていた。そんな顔をすると、愛らしい面影もあいまって守ってやりたくなってしまう。だが、湊はただ守られるだけの存在とは違う男らしい性格であることも、既に熊五郎は知っていた。

「……さっきの。俺が愛らしいって言ったとかって、どういうことだよ」

「言ったではないか」

「だから、俺がいつそんなこと言った？」

湊はどうやら忘れているらしい。

「わしのことを、毛深いと言っただろう」

「え？」

「……え……」

「可愛いものは嫌いじゃないと言った」

「クマは、小さくて可愛いのだろう？」

熊五郎はそう言って、じっと湊の顔を見る。湊の丸く大きな目は戸惑うようにきょろきょろと動き、やがて髪をぐしゃぐしゃにかき混ぜて……その場に突っ伏してしまった。

「湊っ、どうした？　気分でも悪いのかっ？」

慌てて身体を起こそうと手を伸ばしたが、その前に顔を上げた湊が真っ直ぐな視線を向けてきて、その後がばっと頭を下げる。

「ごめんっ」

「湊？」

湊が謝る理由がわからず、熊五郎は湊の肩に手を置いて顔を上げさせようとするが、湊は頭を横に振って拒絶した。

「俺の態度が、そんなにあんたを追いつめていたこと、今の今まで気づかなかった。本当に、ごめんっ」

「湊……」

「あんたが考えているほど深い意味で言ったわけじゃないんだ。そりゃ、ごついものよりは可愛いものの方が好きだけど、それは別にクマちゃんが好きであんたが嫌いってわけでもないんだ。その……くそ、なんて言ったらいいんだろ」

湊はどう言葉にしていいのかわからない様子で、何度も膝を叩きながら眉間に皺を寄せている。

だが、そんな湊を見て、熊五郎は徐々に嬉しくなってきた。今の湊の頭の中には自分だけしかおらず、自分を宥める言葉を必死に考えてくれている。そんな湊の優しさが心にしみて、熊五郎の中の湊への想いにさらに熱が加わった。

「……熊五郎……」

やがて、湊は情けない声で熊五郎の名を呼んだ。

「本当に、ごめん」

ここまで言われて、許さないわけがない。

「いや、湊は何も悪くない」

「熊五郎」

「湊がわしを嫌っていないということがわかって嬉しいくらいだ」

「えー……あぁ、まあ……」

「わしも、お前を好いているぞ」

「……あ、ありがと」

熊五郎が想いを伝えると、湊は顔を赤くして照れている。その様子は身もだえするほど愛らしく、今すぐにでも抱きしめてしまいたいほどだった。しかし、熊五郎も学習していた。愛らしい外見とは裏腹の男らしい湊は、愛でられることをよしとしない。

（ああ、撫で回したい……）

湊には絶対に言えないが、あの夜、湊の身体を弄った時、吐き出されて手に付いた彼の精液を舐めた。全身が震えるほど《気》に満ちた、とても甘美な味だった。

あれをもう一度味わいたかった。

いや、湊の熱さを、もっと深いところで感じたい。

「あ、お、俺、風呂に入るから」

熊五郎がじっと見つめていると、湊は焦って立ち上がり部屋を出た。その背中を名残惜し気に見送っていると、がつんとした衝撃を頭に感じる。振り返れば、クマが呆れたように拳を握りしめて立っていた。

「湊を犯すな」

「……犯してなどいない」

「そんな目で見ているだけで湊が孕《はら》むかもしれんだろう。まったく、余裕がない男はこれだから始末におえんな」

それでも違うとは言い返せず、不満は残るが熊五郎は口を噤む。

「湊は、本当に優しい」

「……」

「こんな獣のような、阿呆《あほう》な男を許すのだからな」

「阿呆だと？」

「その通りだろう。湊に好かれるために己の身体を弄ろうとするなど、我から見れば阿呆も阿呆だ。男ならば己の身体を自慢に思え。誰よりも勝っていると自負しろ」

不遜に言い放つクマだが、その外見は庇護の必要な幼子だ。己の身体に自信を持つもなにも、男としての機能があるのかさえも怪しい。だが、その迫力は立派に熊五郎を威圧するものだった。

(……そう言えば)

熊五郎はクマを見据えた。

「お前、湊をどうする気だ？　湊を欲しいと言っておったが、それは湊の《気》の独占だけでなく、身体まで……」

「我を、下劣なお前と一緒にしてほしくない」

「では、どういうつもりだ？」

「お前に言う必要などないだろう。現時点で、湊の好意は我の方が多く勝ち得ている。お前が盛り返すのは……ふふ、どうだろうな」

クマはそう言って部屋から出て行こうとする。

「どこに行く」

「湊と風呂に入る」

あっさりと言うクマに、熊五郎は膝立ちになった。

「湊に髪を洗ってもらおう。あの優しい手で髪を撫でてもらうのは気持ちがいいからな」

「クマッ」

「お前はおとなしくしていろ」

クマと共に風呂に入る湊を想像するだけで、嫉妬の炎に身を焦がしてしまう。

それなのに――風呂上がりの湊は、とてもいい匂いがして、結局熊五郎は文句を言うことも懇願することもできなかった。


湊の携帯電話が鳴っている。

当の湊は亜沙子に頼まれ、不服そうな顔をしながらも風呂掃除をしているはずだ。

熊五郎はそれを持っていってやろうと思い手に取ったが、見えた画面に聞き覚えのある名前が出ていたことに気づいて足を止めた。

出ていたのは「日比野」という名前だ。それは、時折湊の口から出てくる、湊の友人の名前だということは理解していた。

一度勝手に通話を切ってしまったことを後で散々叱られてしまい、二度と勝手なことはしないと約束した。だから、勝手に切ることはできない。

「何用だ」

しかし、電話に出てはいけないと言われてはいないので、熊五郎が見よう見真似でそれに出た。

『え？』

相手の日比野は、突然出た熊五郎に戸惑っている様子だ。湊の電話に掛けたのに、見知らぬ男が出てしまったから当たり前かもしれないが、熊五郎はこの機会に牽制《けんせい》しておかなければと日比野に告げた。

「お前、湊に邪《よこしま》な感情を抱いてはおらんだろうな？」

『よ、邪？　俺が？』

「湊はわしの大切な者だ。その旨《むね》、忘れることがないようにな」

しっかりと釘を刺した熊五郎は、そのまま風呂場へと向かう。

「湊」

「ん〜？」

屈んだ体勢で湯船を洗っている湊は、こちらを見ないまま曖昧《あいまい》な返答をしてきた。

「掃除はわしが代わってやろう。ほれ」

「え？」

ようやく顔を上げた湊に、熊五郎は電話を差し出してやる。

「えぇっ？　なんで出るんだよっ。もしもし、あ、日比野？　え？　今のは、その、親戚！　親戚の兄ちゃんだからっ」

「親戚ではなかろう」

きちんと間違いを訂正してやれば、湊に手を振って出て行けと促されてしまい、熊五郎は素直に風呂場から出た。

（日比野という者……湊に懸想《けそう》していないか……？）

熊五郎の欲目だけではなく、湊は誰もが愛らしいと思うほどの容姿だ。《気》は豊潤で甘露のようだ。まだ色香はないがふらふらと気持ちを引っ張られてしまう男がいないとも限らず、未然に防ぐためにも一度会った方がいいかもしれない。

しかし、その男はこの近くにいない。だからといって、わざわざ湊の側に呼び出すこともしたくない。

どうすることが一番いいのだろうかと考えていると、足音も荒く湊がやってきた。

「熊五郎っ」

「ん？」

「勝手に電話に出るなよっ」

「それは……すまなかった」

切るのはもちろん、出るのも駄目だったらしい。そこは素直に謝罪すれば、湊は大きな溜め息をつく。

「まったく、誤魔化すのに苦労するだろ」

「あ奴は……」

「俺以外が出たから驚いたみたいだけど、別に怒ってはいなかったから」

「そうか」

(わしのことは言わなかったのか)

単に口だけだと思ったのか、それとも湊を気づかったのか。日比野の心中を察することはできないが、とりあえずは湊があまり怒っていないことに安堵する。

「もう半月以上も会ってないし、そろそろ一回遊ぼうかなあ」

「……」

(遊ぶ?)

「こっち呼んだら来るかな」

(この地にまで招くつもりか?)

「ん〜、やっぱ向こうに出た方がいいかも」

「……」

湊の頭の中は既に日比野とやらとの逢瀬《おうせ》のことでいっぱいになっているらしい。面白くないものの、さすがに今口を挟めば湊の不興を買うことは想像に難くない。

その夜、熊五郎は帰ってきた新を玄関で出迎えた。

「ご苦労だった」

「ただいま」

新は穏やかな笑みを浮かべたままそう言う。考えれば、新が不機嫌になったところを見たことはない。

湊が新のように穏やかな性質であれば、もっと熊五郎のことを知ろうとしてくれ、さらには愛しいと思ってくれたかもしれない。しかし。

(……いや、今の湊に、今の心根があることがいい)

自分の欲のために、湊本人に変わってもらいたくはない。

熊五郎は人型になってから強く意識する湊への恋情を持て余し、深い息を吐いた。


湊はちらりと布団を敷く熊五郎の姿に視線を向けた。

(……普通……か?)

昨夜は、本当に驚いた。

いつもは早々に風呂から出てくる熊五郎が少し長湯だということだけで心配になり、様子を見に行った時に目の当たりにした光景は、今でも鮮明に目に焼きついている。

大男が小さなT字剃刀を持ち、胡坐をかいて下肢を覗き込んでいるなんて、いったい何事かと思った。

だが、もちろん真っ裸で、逞しい腕も胸板も、胡坐の間から覗く立派なペニスも丸見えだと気づくと、瞬時に顔が熱くなった。頭を過ったのは自慰をしているのではないかということだったが、すぐに熊五郎が付喪神だと思い直し、そんなわけがないと打ち消すことができた。だが、理由を聞いた後は呆れて何も言えなくなった。

外見だけで言えば、クマちゃんは可愛くて、熊五郎は厳つい。一般的に熊五郎がイケメンだということには納得できるが、男の湊にとっては劣等感の方が大きく、好意に繋がるということはあまりない。

一方で、父の影響で可愛いものは可愛いと素直に思うが、だからといって絶対に可愛くないと駄目だということもない。

いや、問題はそうではないのだ。

(毛を剃ったからって、可愛くなるってもんじゃないだろ……)

肌を覆う毛を剃ったからと言って、熊五郎の体型自体が変わるわけではない。むしろ、毛がなくなったアレとか丸見えになると——。

(……こわっ)

想像した湊がふるりと頭を振ると、ちょうど布団を敷き終えたらしい熊五郎が気づかわし気に声を掛けてきた。

「大丈夫か、湊。疲れているのか？」

「だ、大丈夫」

湊が引き攣った笑みを向けると、熊五郎は明らかに安堵した様子を見せる。それはあまり大きな変化ではないが、湊にはよくわかるのだ。

今だけではない。湊といる時の熊五郎はとても感情豊かだが、外に連れ出した時はあまり表情を変化させなかった。傍目《はため》にはそれがクールで格好良く見えるのだろうが、湊にとっては多少ヘタレな熊五郎の方が一緒にいて面白いし、厄介だが、飽きない。

（……あれ？）

いつの間にか、熊五郎を受け入れている自分に気づき、湊は狼狽《うろた》えた。

「湊？」

「へ？」

慌てて声を上げた時、意外なほど間近に熊五郎の顔があった。整った面差しの、怖いほど澄んだ眼差しが、真っ直ぐに自分へ向けられている。

「な、なんでもない」

「湊」

「電気消すからっ」

その目を真っ直ぐに見返すことがなぜかできず、湊は手を伸ばして紐を引っ張り明かりを消す。

視界が暗くなったことで、なんだか凄く安心できた。

第六章　お坊ちゃん、覚悟しなさい

熊五郎の視線が痛い。

風呂での出来事の後、気づけば熊五郎は自分を見ている。それは自意識過剰ではなく、現に母から、「熊五郎くんは湊が本当に好きなのねぇ」と笑われたし、父に至っては、「そこまで慕われて羨ましい」と悔しがられるほどだった。

湊自身、嫌われるよりも好かれる方がいいのは当然だが、熊五郎の視線はなんというか……熱量が凄いのだ。それは単に、己の生命線を握っている相手に対するものではなく、もっと他の意味を含んでいるような、とにかく、熱くて甘いそれに、居心地が悪くてしかたがなかった。

「え……」

そんな時だった。

「だから、今日からお父さんが出張でしょ？　それに合わせて、母さんも友里子《ゆりこ》姉さんのところに行くから」

「友里子おばさんのとこに？　なんで？」

「もう、話したでしょう。友里子姉さんとこの奈津美《なつみ》ちゃん、里帰りしているって。来週には大阪に帰るらしいから、その前に赤ちゃん見に行こうって思って」

「……そう、だっけ」

大学に入学する前、母の姉の娘、つまり湊から見れば従姉妹《いとこ》の奈津美に赤ちゃんが生まれたということは聞いたような気がする。だが、その時湊も大学生活へと意識が向いていて、あまり頭の中に残っていなかった。

母が言うには、奈津美は双子を妊娠していたらしく、東京に住む伯母の家に少し長めの里帰りをしていたそうだ。そして、来週には自宅である大阪に戻るらしい。その前に、母は双子に会いに行くという。

「向こうもバタバタしていたし、落ち着いてから顔を見に行くって言っていたの。ちょうどお父さんもいないし、二日くらいゆっくりしてこようかって思ってね」

「へえ。じゃあ、俺と沙紀は留守番か」

「あら、沙紀は連れて行くわよ」

「えっ、だって部活あるだろ」

「部活は顧問の先生の都合で今週いっぱいお休みなの」

「ちょ、ちょっと待って」

(じゃあ、この家に俺しか……)

いや、正確には湊と付喪神である熊五郎とクマちゃんしかいないということだ。熊五郎の不可解な行動に落ち着かない気分の湊からすれば、ちょっと待ってくれと言いたくなる。

「俺も一緒に……」

「何言ってんの。熊五郎くんとクマちゃんのお世話はあんたがしないといけないでしょう」

「世話って……あ、沙紀は邪魔じゃないか？　赤ちゃんのとこに大勢で押しかけるっていうのは……」

「沙紀は祥子《しょうこ》ちゃんと遊ぶ約束しているから大丈夫よ。いろんなところに連れて行ってもらうんですって」

母の弟の娘、もう一人の従姉妹である祥子は中学二年生だったはずだ。叔父一家も東京住まいで、沙紀と祥子は仲が良かった。ついでにという母の言うことはわかるし、沙紀もきっと楽しみにしているのだろうが、いきなり聞かされた湊は、己の状況を想像してなんとも言えない気分になる。

多分、付喪神である二人を置いていってもなんの問題もないはずだが、それを母に言っても通じないだろう。特に、幼い容姿のクマちゃんを引き合いにでも出されたら、湊も留守番を受け入れるしかない。

「明後日には帰るから、家を汚さないようにね」

「……」

「さてと、準備準備」

弾む足取りで部屋に戻っていく母を見送り、湊は深い息を吐く。

(……大丈夫……だよな)

漠然とした不安など、結局はなんでもなかったりすることが多い。

湊は軽く頭を振り、気持ちを切り替えることにした。


昼過ぎに母と妹が出かけ、家の中は湊と熊五郎、そしてクマちゃんの三人になった。

「そこをどけ。湊の隣にはわしが座る」

「お前のようなデカブツ、目の端に映るだけでも息苦しい。部屋の隅に行け」

妙な緊張感に捕われていた湊だったが、相変わらずの言い合いをする熊五郎とクマちゃんを見ているうちにそれは緩んだ。

「喧嘩《けんか》するなってば。ほら、夕食の支度手伝って」

賑やかに夕食の支度をし、なんでもないことを話しながら食べて、一緒に風呂に入ろうとする二人を押しやって片付けをする。

「……うん。別に普通だな」

緊張していた自分が馬鹿らしい。いや、変に意識してしまった熊五郎に対しても申し訳ないとさえ思った。

そのお詫びではないが、今夜寝る時にあの長い黒髪を梳いてやろうと考える。湊が毎日クマちゃんの髪を梳《と》かしてやる時、いつも羨ましそうに見ていた視線を知っていたからだ。

もしかしたら、熊五郎はもっと湊とスキンシップをはかりたいのかもしれない。《気》を必要とする付喪神にとって、その対象となる人間との交流は最も大切なものかもしれなかった。

そこまで考えた湊は思わず笑った。もう完全に、熊五郎を付喪神として受け入れている自分がおかしくてしかたがない。現実主義と自他共に認めていたが、案外不思議なものが好きという父の血は濃かったようだ。

「よし」

最後に風呂に入り、髪を乾かした湊は部屋に向かう。襖を開けると、いつものように三組の布団がきちんと並べて敷かれてあった。

「あれ？　クマちゃん、寝てるのか？」

毎夜、湊に髪を梳いてと強請《ねだ》ってくるクマちゃんが、今夜はもう端の布団の中にいる。もしかしたら体調が悪いのかと気になって膝をついた湊はその顔を覗き込んだ。

うっすらピンク色の頬は変わらず、表情も穏やかだ。

（これって本当に……）

「寝ているだけだ」

湊の気持ちは、熊五郎の声となって耳に届いた。

「こ奴は、湊に出会った時は既に《気》が少なかった。そこに、湊の豊かな《気》が注がれたゆえ、少しばかりあてられてしまっているんだろう」

「少なかったって、でも、あのおばあさん、凄く大切にしていたみたいだったけど……」

湊はフリーマーケットで出会った相手のことを頭の中に思い浮かべる。付けられていた値段は驚くほど安かったが、クマちゃんに対する思いはちゃんと温かいものがあったように感じた。それなのに、クマちゃんの《気》が少なかったと言われても納得ができない。

「年寄りだったからな」

「え、歳も関係あるのか？」

「もちろん。若くて精力に満ちた者の方が《気》も強い」

「そんなものなのか……」

まだ少し引っ掛かるものがないわけではないが、同じ付喪神の熊五郎が言うのだから本当なのだろう。

心配することはないのだと言われてひとまずは安堵したが、ふと、この空間に自分と熊五郎が二人きりだと今さらながら気づき、妙に意識してしまう。

「え、えっと……」

「湊」

「な、なに？」

「髪を、梳かしてほしい」

まるで、寝ようと言いかけた湊を牽制するように先に言われてしまい、湊はつられるように頷いた。

すると、熊五郎はとても嬉しそうに笑う。湊としては熊五郎にも十分構ってきたつもりだが、この顔を見るとなんだか申し訳なく、湊は櫛《くし》を持ってきて、座る熊五郎の後ろに膝をついた。

クマちゃんの柔らかい髪とは違い、真っ黒な熊五郎の髪は少し硬いが艶やかで、櫛通りもよくてとても綺麗だ。長いので梳き甲斐もあり、妙な緊張感も次第に消えていた。

「……綺麗だな、お前の髪」

「……本当に？」

「うん。触れていて、凄く気持ちがいい」

素直にそう言った湊は、髪を梳きながら考える。

こんなふうに穏やかな時間を共にするだけでは、熊五郎が付喪神として存在する《気》は足りないのだろうか。

「なあ……あんたさ、どうして俺にこだわるわけ？　付喪神になるきっかけってらしいけど、今のあんたならさ、他にいくらだって大事にしてくれる奴、いると思うんだけど」

顔が見えないせいか、湊はついずっと心の奥底にあった疑問を口にしていた。

木彫りの熊だった時はともかく、今の熊五郎は人間の姿になれるし、その姿は誰が見てもイケメンだ。たくさんの人が欲しいと言うのは簡単に想像できた。

それなのに、熊五郎は頑なに湊にこだわる。そこに、何か重要な意味があるのだろうかと知りたかった。

「湊は、わしにとって特別な人間だ」

迷いなく返ってくる返答が、なんだか恥ずかしい。

「い、いや、だからさ」

「湊がわしに注いでくれた愛情は真っ直ぐで、とても綺麗で純粋なものだった。お前の優しい手で撫でられるだけで幸せだったし、名前を呼ばれるごとに温かな感情が芽生えた。湊、動物も植物も、人間が愛情を注ぐだけ、それを返そうと色鮮やかに咲きほこり、忠誠を誓いもする。それはわしら《物》も同じこと」

熊五郎の言葉は聞いているだけでは硬いのに、その響きにはなぜか甘いものを感じてしまう。

湊はそんな自分に赤面しながら、わざと明るく反論した。

「で、でもさ、結局俺はあんたより先に死んじゃうんだし。そうしたらあんたも別の人のもとに……」

「わしは、ずっと湊と共にいる」

「え……」

「愛情を注いでくれる人間は他にもいるかもしれんが、わしにはずっと……」

「わぁ！」

いきなり伸びてきた手に手首を掴まれ、あっという間に引っ張られる。

そのまま熊五郎の身体に倒れかかる格好になり、気づけば布団の上に仰向けに寝転がった体勢になっていた。

「……熊五郎？」

いったい何があったのか、理由がわからないまま熊五郎の名前を呼ぶと、熊五郎は湊の腰を跨《また》ぐように伸し掛かってくる。大柄な身体に圧倒されてしまい、湊は無意識に息を呑んでいた。

「湊」

「く、熊五郎、ちょっと退いて……」

「……わしが愛しいと思うのはお前だけだ」

冗談にするには、熊五郎の声は湊の名前を呼ぶたびに艶を帯びてくる。

(ま、まずい、まずい、まずいっ)

こういった場面の経験がない湊にとって、どんな態度が正解なのかわからない。いや、そもそも熊五郎相手に危機感を覚える方がおかしいのかもしれないが、湊は本能的にこの場にいてはまずいと思った。

湊は思い切り熊五郎の腹を押しやり、その隙に逃げようとする。だが、その行動を予測していたかのように熊五郎の足が股の間に割り入ってきて、湊は身動きができなくなった。

「熊五郎っ」

咄嗟にその名を呼ぶが、いつもなら湊の心情を汲《く》み取ってくれる、いや、それができなくてもしようとしてくれる熊五郎は、無言のままパジャマに手を掛けてきた。まさかと考える間もなく、大きな手が胸元に入り込み、そのまま下へと振り降ろされる。ブチブチと音がしてボタンが弾け飛んだ。

「……っ」

(ど、どうなって……)

自分は今、どういう状況になっているのだろうか。湊は身体が強張って動けず、ただ目の前の熊五郎の顔を見ることしかできない。

普段は凛々《りり》しく整った顔には眉間に皺が寄り、唇もきつく引きしめられている。まるで怒っているふうなのに、その目には爛々《らんらん》とした熱が灯《とも》ったままだ。

「く……ま、ご」

「……」

信じられないほど、自分の声は震えている。すると、熊五郎の眉間の皺はますます深くなり、いきなり首筋に噛みついてきた。

「痛っ」

鋭い痛みに声を上げた湊は、続いて湿った感触を感じる。舐められているのだと気づくと同時に、今度は唇に噛みつかれた。

「んっ、んーっ」

上唇の痛さに唇を開けば、そこにぬるりと舌が入り込んでくる。逃げる舌に吸いつかれ、口腔《こうこう》内の唾液を啜《すす》られて、湊は頭の中がくらくらとした。今まで、《気》を与えるという名目でしたキスなんてまったく問題にもならないほどに激しく、生々しいそれに反応することもできない。

（は、離れっ）

とにかく覆いかぶさってくる熊五郎の身体を引き離そうと両手を当てようとしたが、その手は簡単に掴まれ、片手で頭上に拘束される。口腔内を弄《まさぐ》る熊五郎の舌は傍若無人《ぼうじゃくぶじん》なままで、湊は思わずそれに歯を立てた。

「……っ」

ごく間近の熊五郎の顔が歪むのが見える。同時に、口の中に鉄の味がして、自分が男を傷つけたのだとわかった。そこまで力を入れたわけではないつもりの湊は怯《ひる》んでしまい、すぐに噛んでいた力を抜く。その拍子に、熊五郎の舌に自身のものを搦《から》め捕《と》られた。

「んっ、んふっ」

前も同じようなことがあったと漠然と思い出したが、それがいつだったか朦朧とした意識の中ではなかなか思い出せない。

グチュグチュという水音が耳に響き、お互いの唾液で口の中がいっぱいになった。唇の端から溢れ出てしまうのを、己の意思で止めることができない。

そして、その唾液を熊五郎が舐め取るのを見てしまい、湊は羞恥に身体が燃えてしまいそうだった。

だが、唇が離れたことで、湊は声を出すことができた。

「は、離れ、ろ」

ここまで濃厚なキスをされてしまったが、湊はまだなかったことにできると信じた。熊五郎は少々暴走してしまったが、それでもこれは《気》を取っているだけなのだと思いたかった。

「熊、ごろ」

熊五郎の髪を掴んで顔を上げさせようとした湊は、そこでクマちゃんの存在を思い出した。今の自分たちの姿を見られてはいないか妙に焦ってしまい、その気配を探ろうと視線を彷徨わせる。

しかし、湊が横を向こうとすると、その頬は強い力で掴まれた。いやでも熊五郎と真っ直ぐに視線を合わせることになってしまい、湊は今にも逸らしてしまいたくなるのを必死に堪《こら》えた。

「ど、して、こんな……」

「……」

「くまごろっ」

先ほどのキスのせいで舌が痺れているのか、言葉がままならないのが悔しくて恥ずかしい。

だが、熊五郎はそんな湊の気持ちなどまるで気づかないのか、己の方が苦し気に顔を歪めると、振り絞るような声で言ってきた。

「わしは……お前を、誰にも渡したくない」

「な……に？」

「わし以外に、触れさせたくない。お前の《気》も、髪も、唇も、すべてわしだけのものにしたい。ずっと、お前と共にいたい」

「くまごろ……」

初めて聞く熊五郎の心情に、湊はただ驚いた。

クマちゃん相手に大人げないほど対抗したり、日比野からの電話に勝手に出たりと、少々度が過ぎる行動をしていたが、まさかここまで追いつめられていたとは思わなかった。

そして、これが単なる暴走ではなく、徐々に積み重なってきた不満や不安がこの時点で爆発してしまったということに、ようやく気づいた。

意識していなかったとはいえ、ここまでくるまでまったく気づかなかった自分が情けなくなるが、だからといって熊五郎のこの行為を受け入れるなんて考えられない。大体、男相手に、いや、その前に人間ではない相手と、こんな状況になること自体あってはならないのだ。

「……ごめん、俺が、悪かった」

「湊」

「ちゃんと、話そう。話せば、絶対に……」

まずは落ち着こうと、湊は熊五郎の髪を撫でる。熊五郎はきっと、提案を受け入れてくれる。そして、話し合えばきちんとわかってくれると信じた。

「……」

「な、ちょっとどいてくれ」

唾液で濡れた唇を手の甲で拭いながら起き上がろうとした時、

「！」

湊は再び布団の上に倒される。そればかりではなかった。熊五郎は湊の剝き出しの胸に吸いつき、乳首を吸い出す。鮮やかな一連の行動に、湊は声を押し殺すこともできなかった。

「あぅっ」

今までまったく意識したことがなかった乳首を痛いほど吸われ、甘噛みされて、湊は身体を捩る。ぬめぬめとした感触に身体が震えて、どうしようもなく居たたまれなくなった。

「ちょ、ちょっとっ」

「湊、可愛い」

「はぁ？　可愛いって、ちょっ、馬鹿なことっ」

こんな、細いだけのただの男を、可愛いなんて言う熊五郎の目は腐っている。

「俺は、可愛く、ないっ」

「湊は可愛い」

「くまごろっ」

「可愛い」

譫言《うわごと》のように繰り返しながら、熊五郎は何度も乳首を食《は》んだ。唾液で湿ったそこに熱い息が掛かって、さらにまた吸われてと、それを交互に休みなくされてしまう。もう片方は指先で捏《こ》ねられて、どんどんそれが硬くなっていくのがわかった。男の胸なんてあってもしかたがないはずが、明らかな性感帯の一部になっている。

そのことにショックを受けてわざと意識を逸らそうとするが、震えながら勃ち上がってくるそれは、熊五郎の愛撫に素直に反応した。

それに気づいたのかどうか、熊五郎は乳首から腹へと舌を移動し、臍をくすぐられる。その途端、下肢に熱が生まれてしまった。

（うわっ、う、嘘だろっ？）

たったこれだけのことで勃つなんて、どれだけ初心《うぶ》なんだと自分に突っ込むが、今の湊は熊五郎を押し退ける力も出ない。パジャマのズボンも足で引っかけるように脱がされ、中途半端な状態のままだった下着は手で剥ぎ取られた。

裸を見られることなんて恥ずかしくないと思っていたはずなのに、こんな状況は考えたこともなかった。みっともない格好を明かりの下に晒している自分を、熊五郎はどんな目で見ているのかと気になってしかたがない。

せめて下肢を隠したくて脱がされたパジャマに手を伸ばそうとしたが、その手は直前で捕らえられ、熊五郎はいきなり下肢へと頭を沈めると、湊の勃ち上がったペニスを口に含んでしまった。

「！」

濃厚なキスはもちろん、フェラチオだってされたことがない。

こっそり見たことのあるアダルトビデオそのものの行為をされているのだと頭ではわかっていても、こんなにも気持ちがいいものだなんて経験するまで知らなかった。

「き、きたなっ」

「湊は、どこも綺麗だ」

わざわざ顔を上げてそう言った熊五郎は、再びペニスに舌を這わす。先端部分を吸われ、括《くび》れに舌を這わされ、唾液を纏った竿の部分を唇で扱《しご》かれた。浅ましく力を持ったそれはビクビクと熊五郎の口中で暴れている。

やがて腿が引き攣り、双玉にきゅうっと力が入った。せり上がってくる熱いものに湊の意識は囚《とら》われていく。

「んっ、あっ、やっ」

無意識のうちに腰が揺れていることに気づいた時、湊は死にそうなほど恥ずかしくなった。嫌だと口では言っているくせに、身体は素直に熊五郎が与えてくれる快感を貪っているのだ。どの口で止めろと言えるのか。

(俺……俺……くそっ)

「あぁっ!」

——あまりにも呆気なく、湊は射精してしまった。それも、熊五郎の口の中でだ。以前、手で扱かれて感じさせられた時とは雲泥《うんでい》の差の快感に、湊は身体からすっかり力が抜けてしまった。

「はぁ、はぁ、はぁ」

何度も浅い呼吸を繰り返しながら、湊は身体に纏わりつくシーツに手を伸ばした。汚れてしまった下肢を、このまま熊五郎の目に晒したままでいたくなかったからだ。

「……」

「……な、に」

しかし、シーツを掴んだ手はそのまま持ち上げられ、熊五郎がキスをしてくる。恭《うやうや》しく、まるで大切なものに対してするような仕草だというのに、濡れた熊五郎の唇を見ていると先ほどの行為が生々しく思い出され、湊は顔を背けてしまった。

これで、自分たちの関係が変わってしまうかもしれない。そうでなくても非現実な日常をようやく受け入れ始めていた湊にとって、これ以上はキャパオーバーだ。

(一人に……なりた、い)

何が起こったのか、ちゃんと自分の中で受け入れられるようになるためにも、今は一人きりになりたかった。

しかし、そんな湊の思いは、思いつめた熊五郎には伝わらなかったらしい。

力の入らない足をかかえ上げられ、大きく両足を広げる体勢を取られた時、湊はこれ以上何をされるのかまったく想像ができなかった。

「……ね……、ねえ、熊五郎……」

「……」

「もう、やめ……」

「止めない」

「くま……」

「湊を、すべてわしのものにする」

熊五郎はきっぱりとそう言い切り、乱れた着物の裾を大きく割り開く。褌をずらしたそこには、湊自身とは比べ物にならないほど雄々しい男のペニスが、もじゃもじゃの下毛の中支える必要もないほど滾って勃ち上がっていた。

初めて、それを見た時も大きさに驚いたが、こうして欲望を感じて勃ち上がっているそれは、それにもまして凶悪だ。熊のよう……そんな馬鹿らしいことが頭を掠め、湊はただただ怖いもの見たさに目を逸らすことができない。

熊五郎のそれは既に先走りの液で濡れていて、てらてらと明かりの下、脈打っている。

熊五郎はそれを、見せつけるように数度扱き、そのまま湊の下肢、ペニスの下の双玉……の、もっと下へと押し当ててきた。

「……そこ……？」

「湊……っ」

「！」

引き攣るような痛みと熱さが同時に襲い、湊は背中を反らして逃げようとした。しかし、熊五郎の大きな手でしっかりと腰を掴まれてしまい、反対に引き寄せられ、打ちつけられる。

「ひっ……！」

身体の真ん中を貫かれ、引き裂かれると思った時、湊は己の身体の中にある存在に初めて気づいた。

（う……そ、だろ？）

男同士の恋愛とか、セックスとか、聞いたことがないとは言わない。それでも、自分にはまったく関係のないもので、そんな人たちもいるんだろうなと漠然と考えるだけだった。

だが、今自分は、その男同士のセックスをしている。尻の穴にペニスを突っ込まれ、まるで女のように声を上げていた。

一気に押し入れられたせいで、中も入口も痺れてしまっている。そこがどうなっているのか見るのも怖く、湊は必死に熊五郎の肩にしがみついた。

「う……あぁっ」

中のものがずるりと引き抜かれる感触に新たな痺れと痛みを感じ、先端部分を含まされた状態で再び押し入れられた。それを何度も繰り返され、次第にその動きがスムーズになっていくのがおかしかった。

「あっ、んっ、あっ」

気持ちよさなんてなかった。それよりも、激しい動きに身体を揺すられ、頭の中までもぐるぐると回っている。身体がぶつかるごとに鈍い音と淫らな水音が響き、今していることがセックスなのだと思い知らされた。

熊五郎は、こんなふうに自分を欲していたのかと、朦朧《もうろう》としながら考えた湊が複雑な思いに顔を歪めると、見下ろす熊五郎の顔も同じように歪んでいるのが見えた。

(……泣いて……る?)

涙は零れていないが、熊五郎が泣いているような気がして、湊は思わずその頬に手を当てる。汗ばんでいる肌が、まるで熊五郎が人間であるといっているような気がした。

「……ご、めんっ……」

揺さぶられながら、湊はそう告げた。何に対して謝っているのかよくわからないが、それでも熊五郎にこんな顔をさせてしまっているのは自分だ。

熊五郎は無言で顔を伏せ、湊の首筋に歯を立てる。それは肩、そして胸へと続き、もしかしたらこのまま食われてしまうのかとさえ思ってしまった。

誰かのために自分を差し出すなんて考えたこともないが、それは案外悪いことではないかもしれない。

神様であるはずの熊五郎の分身は火傷しそうなほど熱く、湊を必死に貪っていた。そんな熊五郎を湊の内壁が締めつけ、蠢《うごめ》きながら快感を分け与えている。

身体の奥深くに熱い熊五郎の分身を受け入れながら、湊は必死に熊五郎に抱きついた。今はそうするのだと、思った。

「はっ、み、湊っ」

「あんっ、ふあぁっ」

ぶつかるほど激しい動きに、湊の身体が跳ねる。次の瞬間、その奥に、熱い飛沫が迸《ほとばし》るのがわかった。

「……ぁ……」

（射精……できるんだ……）

湊は呆然としたまま、熊五郎を見上げる。熊五郎の着物は多少乱れてはいたが、それでも脱いでいなかったことに今さら気づいた。

もしかしたら、湊が毛深いのが嫌だと言ったせいかもしれない。

「……くま……ごろ……」

こんな時にそこまで考えているのかどうかわからないが、きっとその想像は当たっているはずだ。

「……ばか……だ」

「……湊……」

「俺の……気持ち、無視……しやがって……話もできないのか、よ……」

こんなにも自分を欲している熊五郎が馬鹿で、可愛くて、湊はその髪を撫でてやりたかったが手を上げる体力もなく、そのまま気を失うように眠気に捕らわれてしまった。


「……湊」

「……」

先ほどまでは頬に赤みがさしていたというのに、今見下ろす湊の顔色は心配になるほど蒼褪めている。

そこまできてようやく、熊五郎は慌てて湊の中から己の陰茎を出そうとした。痛いほど締めつけているそこの力に、萎《な》えないままのものはまた湊を貪ろうとしたが、入口に滲む赤いものに気づいて熊五郎ははっとそれを引き抜く。すると、蕾《つぼみ》の縁から桜色をしたものが滲み、敷布にとろりと零れ落ちた。

己の吐き出したものと湊の血が混ざり合って、そんな色になったのだ。

それだけではなかった。身体のあちらこちらに熊五郎が噛みついた歯形があり、強く押さえつけたせいで痣《あざ》もできている。見ていて、とても……哀れだ。

犯してしまった暴挙のせいで、湊を傷つけてしまった。熊五郎は眩暈《めまい》がするほどの後悔をしたが、同時に、湊から与えられた快感をまだ求めている己の貪欲さに絶望した。

こんなはずではなかったのだ。

湊が欲しくて、クマに《気》をやるのさえ我慢できなかった。

同じ人間だからといって、湊と親しくしている男が許せなかった。

湊を己だけのものにするため、さらなる甘美な湊の《気》を取り入れるため、その身体の最奥を味わった。高まった湊の《気》は想像以上に甘く、美味しく、夢中で貪ってしまったが、結局それは湊を傷つけるだけだった。

「馬鹿め」

淡々とした、しかし愛らしい声が部屋に響いた。

クマがとっくに目覚めていたことには気づいていたが、見せつけるつもりで止めることは頭の中になかったのだ。

「人間と番《つが》うつもりか」

「……湊は、わしのものだ」

「人間と付喪神では、生きる時間も違うというのに？」

クマは起き上がり、湊を見る。その目の中には、外見に似合わぬ慈悲の光があった。

「愚かな奴め」

「……」

「目が覚めた時、湊はなんと言うだろうな」

クマに言われるまでもない。あからさまに暴力で犯されたといった風体の己の姿を見れば、湊は熊五郎を責め、糾弾《きゅうだん》するだろう。もしかしたら、再び手放すといった行為を考えるかもしれない。

湊の身体の甘さを知った今、その蜜が甘露《かんろ》だと気づいた今、熊五郎は湊の側から離れられない。だが、湊に拒絶されてしまったら――――そうしたら、自分はどうすればいいのかわからない。

「おい」

熊五郎は己の着物で、汚れた湊の下肢を拭う。力をなくして静かに眠る陰茎も拭い、涙と涎《よだれ》に汚れた顔にくちづけた。

そして、己のものを乱雑に手で拭うと立ち上がる。

「熊五郎」

「……」

「逃げるのか」

「……湊は、わしの顔を見たくないだろう」

湊が最後に言った話とは、いったいどういうものだったのだろう。想像しなくても、こんな暴挙を犯した己に対し、言うことは決まっているではないか。

湊から、直接拒絶の言葉を聞くのは怖い。

熊五郎は己の弱さを恥じた。

「……ん……」

寝返りを打った湊は、その途端下肢に走る鈍痛ではっと目が覚めてしまった。

「……あ」

起き上がろうとしても、身体に力が入らない。その理由は、すぐに頭の中に蘇った記憶で明らかになり、そのままがっくりと布団に身を沈める。だが、その一連の動きでも痛みは増して、湊は吐く息も小さくなった。

「……」

まさか、熊五郎とセックスをするとは思わなかった。

まだ童貞の湊にはそれなりに初めての時の夢はあったが、昨夜の出来事はそれらを粉々に打ち砕いたばかりか、いろいろなことを考えさせられてしまった。

もちろん、暴力でもって湊を犯した熊五郎を許せるはずもない。湊だからということではなく、誰であっても、相手の意思を無視した行為は、後々大きな傷となって残るはずだ。

しかし、その原因が湊自身にあった場合、被害者面ばかりしてはいられなかった。

こうなる前に、もっと何かできることがあったかもしれない。熊五郎に掛ける言葉もあったかもと考えると、責める言葉だけを考えられない。

「……」

湊は何度か深呼吸をし、思い切って顔を上げる。部屋の中に熊五郎の姿はなくて、なぜか安堵した自分が恥ずかしくなった。

「……あ、そっか」

(誰もいないんだっけ)

両親も妹も、明日まで不在だ。多分、今頃熊五郎は、湊の機嫌を考えて慣れない朝食の支度か、風呂掃除を代わってしてくれているのだろう。

そんなことくらいで絆されないが、起き抜けに会わなかったことはよかったかもしれない。

それからかなり時間を掛けて、湊は布団から起き上がった。その時になって、今着ているのが昨夜のパジャマと違うことに気づく。

昨夜のパジャマはボタンを引きちぎられてしまった。母にどう言い訳すればいいのかと頭を抱えながらゆっくりと立ち上がった湊は、ふと、机の下に置いてある木彫りの熊に視線を向ける。

「……」

(……熊五郎……)

もちろん、黒光りする木彫りの熊は湊の視線に応《こた》えることもなく、ただそこにある。

どうしてそれを見たのかわからないまま、またも時間を掛けて階段を下りた湊は、勢いをつけて居間に顔を出した。

「おはよう、湊」

「おは、よう」

「今日も愛《う》いな」

「愛《う》いって……」

そこにはクマちゃんがいて、いつものように可愛らしい笑顔で挨拶をしてくれる。それに応えながら台所に意識を向けるが、どうやらそこにも人の気配はない。

「クマちゃん、熊……いや」

(風呂か)

やはり、率先して掃除をしているのだ。このままそこに行くか、それとも戻ってくるまで待つ方がいいか。湊自身、熊五郎にどう声を掛けていいのか迷っている最中なので、結論は先延ばせるならば先がいい。

(それに、クマちゃんの前で話すことじゃないし……)

子供には聞かせられないと、どうしても見かけの愛らしさのせいでクマちゃんの実年齢のことなどすっかり忘れていた湊に、クマちゃんの方から声を掛けられた。

「明日まで二人きりのようだし、ゆっくりしような、湊」

にこにこと笑うクマちゃんに、湊は首を傾げる。

「え？　二人って、熊五郎が……」

「あ奴は逃げた」

「……逃げた？」

「そうだ」

「……」

(逃げた……って、熊五郎が、え？　どこに……)

「あっ！」

湊はパッと踵を返し、今下りたばかりの階段を駆け上がる。さっきは身体に痛みを感じさせないように時間を掛けたが、今は悲鳴を上げても急いだ。

「熊五郎！」

乱暴に襖を開けながら中に向かって叫んでも、熊五郎の返事はない。敷きっぱなしの布団があるだけの、静まり返った部屋を目を見開いて見回した湊は、最後に睨むようにして木彫りの熊を見た。

「……そこにいるんだな」

部屋の真ん中に引っ張り出し、その前に腰を下ろす。その衝撃に尻の奥に痛みが走るが、今は構っていられなかった。

「出てこい」

——。

「出てこい、熊五郎」

——。

木彫りの熊は当たり前だが返事はせず、傍《はた》から見れば空《むな》しい独り言を言っている状態だ。

「お前……卑怯《ひきょう》だろ」

恥ずかしいのも、辛いのも、熊五郎ではなく自分の方だ。あんな無様な格好にされ、挙句《あげく》に女のように感じさせられ、ペニスを受け入れて。その上逃げられたなんて、これほどみっともない話はない。

「熊五郎……」

「湊」

いつの間に追ってきたのか、クマちゃんが湊の隣に座った。

「……あいつ、なんて言ってた？」

木彫りの熊から視線を逸らさずに聞けば、クマちゃんは隠すことなく教えてくれる。

「湊は、自分の顔を見たくないだろうと」

「……」

「そうなのか？」

「……わからない」

実際に顔を見る前にいなくなられては、自分がどう思うかなんて想像するしかない。

もちろん、笑っていつも通りの会話などできないとは思っていたが、それでもぶつける相手がいなければ文句を言うこともできなかった。

湊は少し躊躇ってから、冷たい木彫りの熊の頭を撫でる。熊五郎ならきっと嬉し気に笑っただろうが、目の前の木彫りの熊は当然ながらなんの変化も見せない。

「……出てこい」

(文句言わせろよ)

湊はもう一度言う。

「出てこい……熊五郎」

しかし、それから熊五郎は昼夜問わず、湊の前に人間の姿では現れなくなった。

第七章　逃げたままの熊さん

「……またか」

目覚めた湊は、三組敷いた布団の端に誰も寝ていないのを見て溜め息をつく。

熊五郎が木彫りの熊の中に逃げ込んで、今日で一週間経《た》った。

帰ってきた両親と妹になんと言うかを一番悩んだが、そこはクマちゃんが上手く説明してくれた。

クマちゃん曰《いわ》く、

「付喪神は、たまに依代《よりしろ》に戻らねばならん」

だそうだ。

それを疑いもなく家族は信じてくれて安堵したが、湊の中のもやもやは日々大きくなっていくばかりだ。振り上げた拳の先が定まらないというか、考えたいのに直前で遮断されているというか。

とにかく、行くも引き返すもできないのが辛い。

「まったく、あ奴はいなくとも目障りだ」

二人きりになった時、クマちゃんはそう言って湊に抱きついてきた。子供らしい柔らかな身体の感触に少しだけ癒され、湊は笑った。

しかし、見上げてくるクマちゃんの表情はさえない。

「湊」

「ん？」

「……あ奴がいないと寂しいのか？」

「ん～……」

寂しいというのとは、違うと思う。湊はとにかく、この状態が嫌なのだ。

一日、二日は、まだ自身もどういう態度を取っていいのかわからなかったので、考える時間ができたと思おうとした。だが、それが三日、四日と過ぎていくうちに、どうして自分の方がこんなにも気にしないといけないのかと、いらだちも感じるようになった。

「熊五郎くん、まだ出てこないの？」

「……うん」

朝食の時母に言われたが、湊もなんと答えていいのかわからない。原因が原因なので、隠すことが多すぎた。

「大丈夫なのかしら」

「え？」

「だって、たまに戻るのはわかるけど、もう一週間にもなるじゃない」

「……」

「ねえ」

「俺だってわかんないよ」

今日こそはと思った一週間目。熊五郎はまだ出てこない。母に言われなくても、湊も時間の経過は気にしていたのだ。

（このまま逃げ続けるつもりか？）

あんなにも男らしい外見だというのに、ここまで女々しいとは思わなかった。

この時、湊は自分が冷静にキレているとわかった。そして、キレたままでいることこそ、ストレスだとも。

「よし」

湊は携帯電話を取り出して、おもむろに電話を掛けた。

『どうした？』

呑気な声がすぐに返ってくる。久しぶりの現実に、湊はようやく本当に笑うことができた。

「今日暇？」

『暇っちゃ、暇だけど？』

「じゃあさ、遊ばないか？　ずっとこっちにいたらボケちゃって。少しは刺激に触れないとな」

『なんだよ、ようやく俺のこと思い出してくれたのか』

電話の相手……日比野はすぐに了承してくれ、夕方新宿《しんじゅく》で待ち合わせることになった。

電話を切った湊は、ちらりとクマちゃんを見る。もしかしたら非難されるかもしれないと思ったが、意外にもクマちゃんは何も言わない。ただ湊をじっと見つめてくるので、とうとう湊の方から問いかける羽目になってしまった。

「……なに、クマちゃん」

「いや、我は湊のしたいことに口を挟むつもりはない」

一見、それは湊の意思を尊重してくれているということだが、裏を返せばすべて自己責任だと言われている気がした。

止められたらどう説得しようかと思っていた湊は拍子抜けしてしまい、ただクマちゃんを見下ろすことしかできない。

「え……と」

「気をつけて行け」

「う、うん」

（行っていい……って、こと、だよな）

夕方、日比野と合流した湊は、久々の賑やかな街に妙な居心地の悪さを感じていた。

ほんのひと月ほど前まで、確かに自分はここで生活をしていた。上京したばかりで落ち着かず、戸惑うことも多かったが、それでも希望に満ちた、楽しさの方が大きかった。

それが、こんな気持ちになってしまうなんて……単なるホームシックなのか、それとも別の感情があるのか、なんとも言い様がない。

「どうした？」

「ん〜？」

ピザを食べていた湊は、手を止めて目の前の日比野を見た。

相変わらずファッションに気をつかった、湊の目から見ても格好がいい友人。少々チャラいが、それでも気がよくて、付き合っているのは楽しかった。

(熊五郎もタイプが違うイケメンだけど……って、何考えてるんだ、俺っ)

今日は熊五郎のことなど考えまいと思っていたのに、ついつい思考の中に浮かんできてしまい、湊は慌てて打ち消す。

大体、付喪神の熊五郎と日比野を比べる方がおかしいのだ。

「湊?」

「な、なんでもない」

湊が笑うと、日比野はそれ以上突っ込んで尋ねてこない。その距離の取り方が絶妙で心地いいのだ。

「なあ、今日はオールでも大丈夫だろ?」

「オールか……眠くなりそう……」

「何ジジ臭いこと言ってんだよ」

冗談だと思っているのか日比野は突っ込んでくるが、自宅に帰ってから規則正しい生活をしている湊の消灯時間は意外と早い。母には一応、遅くなるならこっちのアパートに泊まるとは言ってあるが、多少の罪悪感はあった。

「いいだろ?」

しかし、終電で帰ったとしても、また何もしゃべらない木彫りの熊の前で悩む時間が増えるだけだ。

家にいないのならば、木彫りの熊に話しかけることもない。

「……そうだな。久しぶりに行くか」

「よし」

ここまで来たら、もっとぱっと気分転換するしかない。

意識的にそう思い、湊は日比野とクラブに向かった。

これまでも何度か来たことはあるが、バイトと勉強に忙しい湊はそれほど夜遊びしたことはない。しかし、日比野はどうやら常連らしく、そこかしこから声が掛かり、笑いながら話し始めた。

どう見ても大学生ではなく、年上の女性だ。服装も際どい露出があり、綺麗な化粧をほどこしてある。彼女が、日比野と話しながらちらりと湊の方を見た。

「友達？」

「大学の」

「ふ〜ん……可愛いわね」

「かっ」

面と向かってそう言われてしまい、湊は瞬時に顔が赤くなる。店の中が暗いので、顔色を悟られないのが本当によかった。

日比野を始め、友人たちからも時々可愛いと言われるが、それはあくまでもからかいというか、冗談だとわかるものだ。だが、こんなふうに見知らぬ、それも年上の女性に言われてしまうと、どう反応していいのかわからない。

湊の反応が面白いのか、女はさらに顔を覗き込んできた。

「どうしたの？」

「え、あ、いや、えっと……日比野」

助けを求めて日比野を呼ぶが、いつの間にかもう他の女の子と話し始めている。

「振られちゃったわね」

「は、はい」

「ふふ」

彼女の手が、自然と湊の肩に触れた。甘いいい香りが鼻をくすぐり、柔らかな乳房を腕に感じる。

（え……これって……誘われてる、とか？）

単なる勘違いなのか、それとも本当に誘われているのか、その違いが湊にはわからない。

すると、大きな笑い声がして強引に肩を抱かれた。いつの間にか戻ってきた日比野が、湊の顔を見て目を細めている。

「由香里《ゆかり》さん、こいつからかわないでくださいよ。俺たちの貴重な純粋培養のオアシスなんですから」

「ふ〜ん」

「なんだ、それ」

日比野の言い回しはよくわからないが、とりあえずは息が詰まりそうな二人きりの状態からは抜けられた。

すると、誰かが名前を呼び、彼女が軽く手を振る。

「また後でね」

あっさり立ち去る後姿を見送りながら溜め息をつくと、日比野にくしゃくしゃと髪を撫でられた。

「お前、もっと自分からモーションかけないと、童貞卒業できないぞ」

明らかに割って入ってきたくせに、そんなふうに言われて湊はむっと口を尖らせる。助かったと思ったのはとりあえず置いておいた。

一応、湊のプライドを考えてくれたのか声を落としていたが、大体童貞であろうがなかろうが日比野には関係がない。むしろ、今の湊はもっとすごい経験も——。

(いやいやいや、あれは違うしっ)

男同士のセックスなんて、自慢にも何にもならない。それも、相手は人間ではないので、イレギュラーどころか、ありえない話だ。

「あっち行こうぜ。あっちは清楚系お姉さまがいるからさ」

「清楚系……」

こういった場所で出会いを求めるのもわかるが、どちらかといえば気分転換だけがしたい湊は女関係は遠慮したい気分だった。しかし、せっかく時間を合わせて遊んでくれている日比野の顔をつぶすような真似もしたくない。

「……よし」

気持ちを切り替えて、湊は日比野お勧めの清楚系お姉さまの集団に向かった。

天然なのか、それとも計算されているのか、どちらにせよ適度に楽しい彼女たちとの会話は楽しめたし、チヤホヤしてくれるのも嬉しい。

嬉しいのだが――なぜか、気持ちは動かなかった。

いつも彼女が欲しいと嘆き、出会いの場がないと文句を言っていたくせに、いざこんなおぜん立てをされても自分から誘うという気が起きない。

そもそも、彼女が欲しいと、強く思っていない自分に気づいた湊は愕然とする。

いったいいつからそう思っていたのか、それとももう見つけてしまったのか。

何を見つけたのかと考えようとし、湊は慌てて首を振る。これ以上深く考えるのはなんだか怖い。

「ひ、日比野」

「ん～」

「つ、次の店、次の店に行こう」

きっと、この店に自分の好みの女性がいないだけだ。

どんなに美人でも、可愛くても、心に響かない相手ならしかたがない。湊は早々に日比野を促して店を出た。

「どうした？」

「あ、いや」

「可愛い子いなかったか？」

「いや、いたけど」

「好みじゃないとか？」

「そ、そう、好みじゃなかった。悪いな、せっかく連れて行ってもらったのに」

「いいって。じゃあ、別の店行くか。今度は男多めがいいか？」

「……は？」

「じゃあ、こっち」

顔の広い日比野には、行く店のレパートリーが豊富らしい。できれば静かに飲むか、それともカラオケでも行きたい気分だが、それを今言い出すのは躊躇われた。

「そう言えばさ」

夜になっても一向に減らない人波の中を歩いていると、不意に日比野が尋ねてくる。

「電話に出たのって、誰？」

「え？」

「なんか……面白い人」

言葉の語尾を誤魔化されたが、日比野が言っているのは熊五郎のことだとすぐにわかった。

携帯電話に掛かってきた電話に出たらしいが、湊の元に持ってくる間、何を言ったのかそう言えば知らないままだった。

「えっと……なんか、変なこと言ってたか？」

言葉遣いはしかたないにしても、話の内容に誤魔化しようのないことがあったらどうしようかと考えるが、日比野はただ「面白かった」としか言わない。

「お前の親父じゃないだろうし、妹しかいないって言ってただろ？　確かあの時は親戚の兄ちゃんとか言ってたけど、違うとか聞こえてきたし」

（よく覚えてるな）

湊でさえ忘れかけていたことを、こんなにもはっきり覚えているとは思わなかった。言い換えれば、それだけ熊五郎の印象が強かったということかもしれない。

声でさえそうなのに、実際の熊五郎を見たら、いったい日比野はどんな反応をしただろうか。日比野のことだ、面白がって写メぐらいしたかもしれないと思うと、思わずふっと笑みが漏れた。

「あれは……ちょっと、居候《いそうろう》」

「居候？」

「とりあえず、今は置物みたいなもんだな」

実際、今は木彫りの熊から出てこない状態なので、置物に違いない。

もちろん、そんなことを知らない日比野は首を傾げているが、湊はそれ以上説明はしなかった。

目の前に、クマが座った。

「いつまでそこにいる気だ」

呆れたような、嘲《あざけ》るような声。依代である木彫りの熊の中にいてもはっきりと聞こえるそれに、熊五郎は答えることはしなかった。

「このままでは、本当に湊はお前を見捨てる。まあ、我にとっては都合がいいがな」

それはそうだろう。

湊が生きている限りその《気》が費《つい》えることはないが、己だけに注がれるのと複数では、やはり質量は違うのだ。

熊五郎も、湊の《気》を他の者にやりたくはない。たとえそれが、同じ付喪神のクマだとしても、湊の《気》がなければ付喪神としての力が失われるとわかっていても、独り占めしたいという思いは常に持っていた。

しかし。

（わしは、湊を汚した……）

あの夜の己の想いは、熊五郎自身も説明できない。ただ、湊と二人きりだという空間と、触れられた手の熱さ。そして、むせ返るほどの芳香に思考は停止し、気づけば湊を押し倒していた。

物には、いや、神には欲などないはずなのに、どうしても湊のすべてが欲しくなってしまった。その《気》だけでなく、心根も、身体も、すべて己のものとし、湊に自分だけを見てもらいたかった。

……いや、見てもらうだけでなく、己と同じ想いを返してほしい……そう、切望した。

「人間に対し欲情するなど、付喪神としては失格だな」

(……わかっている。わかっているが……)

「湊に拒絶され続ければ、お前はただの木彫りの熊に戻るだけだ」

わかっている。

万が一、別の持ち主に渡されたとしても、湊に想いを残している熊五郎は新たな《気》を受け入れることはできない。そうなれば、いずれただの木彫りの熊に戻ってしまうだけだ。

「いいのか」

クマが、淡々と告げてくる。

「湊は我が貰うぞ」

その言葉に、熊五郎の《心》が大きく脈動した。

「お前が現れねば、湊の《気》はすべて我のものだ。異論はないな」

「ある！」

叫んだ途端、熊五郎は人型となってクマの前に仁王立ちしていた。

久しぶりの人型に一瞬くらりと眩暈がしたが。それでもみっともなく身体をふらつかせることはしなかった。

「湊はわしのものだっ」

「……逃げたくせに」

「そ、それはっ」

「付喪神と人間。いや、物と人間なんぞ、番うことなどできはしない。人間の生は驚くほど短いことは知っているだろう。それでもいいと、お前は言うのか」

クマの言う通りだ。

今は湊と同じ時間を過ごしていても、いずれ湊が歳を取り、老いて、その命を全《まっと》うする時、自分は変わらずこの姿のままで見送ることになるだろう。その時の虚無感は想像するだけで身が震えるが、それでも……熊五郎は湊の隣にいたい。

湊と共にならば、永久の命など失っても構わない。

どう考えても、湊が自分以外の誰かのものになっても平気でいられるのかと問われると、我慢はできないのだ。一度あの甘い身体を味わってしまっては、ただの木彫りの熊に戻ることも、付喪神として湊の幸せを祈ることもできない。

湊を幸せにするのは自分で、湊に愛されるのも自分だけでありたい。

「わしは、湊と共に生きる」

「……」

「湊といられるよう……人間になるか、同じく命を閉じるか、わしは、絶対に湊と共にいる」

きっぱりと言い切ると、クマはふっと皮肉気に笑んだ。

「愚かな奴だな。人間になどなれまいに」

「……っ」

「まあ、思うだけは自由だがな」

しかし、続けてそう言い、クマは大袈裟《おおげさ》に息を吐く。

「閉じこもっていた時間は長いぞ。湊に拒絶されるかもしれんな」

「そ、それはっ」

湊に拒絶されるのが怖くて、情けなく依代に閉じこもっていたのは醜態《しゅうたい》だ。湊に非難されるだろうが、熊五郎もこれ以上湊の側にいられないのは苦しかった。

クマのおかげだと思いたくないが、今日この時点で活を入れられたのは幸運だった。

「……湊は、ひびのという男のもとだな」

木彫りの熊の中に閉じこもっていた時も、湊の言葉はすべて聞こえていたし、その行動も見えていた。まさか、湊があんな訳のわからない男と会うなどと考えたくはないが、止めることができなかった己の落ち度だ。

「居場所はわかるのか」

「わかる」

熊五郎は辺りに視線を巡らす。湊の《気》は必ず追えた。

少し離れているが、人間ではない熊五郎は一瞬でその場に辿り着く。

普段、人間と同じように食事をしたり、歩いて移動していたのは、すべて湊と共にいたいからだった。

こんな場面になって考えることではないが、己が付喪神でよかったと思った。

「行ってくる」

「勝手にしろ」

「……感謝する」

眉間の皺を深くするクマ。だが、今日ばかりはそんな顔も愛らしく見えてしまう己は現金かもしれない。

熊五郎は口元に笑みを湛《たた》えると、目を閉じて己の《気》を飛ばした。

久しぶりに飲む酒はよく効いて、湊は少しだけ開放的な気分になっていた。煩かった音楽も今は耳に心地好くなっていたし、話しかけてくる女の子たちも可愛くて、純粋に楽しいと思えた。

考えればこのひと月あまり、自分は一種特別な空間で生活をしていた。人間ではない、付喪神という存在の二人と共にいたことは、今この場でいるととても信じられない。

(クマちゃんは可愛いけど、熊五郎は嫌味なくらいイケメンだし、一緒にいると劣等感ばっかあったしな)

己の容姿に自信があったとは言わないが多少はモテただけに、熊五郎だけに視線が行く状況は正直面白いものではなかった。

それでも湊が熊五郎を突き放さなかったのは——。

「湊?」

それは、あの男が湊だけを見ていたからだ。

どんなに可愛い女の子がいても、綺麗な女の人が言い寄っても、熊五郎の目は迷いなく自分だけしか見ていない。熊五郎の自分に対する想いは、一かけらも疑うことはなかった。

(……でも、あんなこと考えてたなんて……)

いくら熊五郎が自分のことを慕ってくれていたとしても、それがセックスに繋がるとは想像もしていなかった。それに関しては湊は悪くない、はずだ。

ただ、そのせいで湊も熊五郎のことを改めて考えなければならない岐路に立っているのは確かだ。こんなふうにたった一日誤魔化せても、明日にはまた、木彫りの熊の中に逃げ込んでいる臆病な付喪神の相手をしなくてはならない。

「ねえ」

「……」

「ねえってば」

「あ、なに？」

話しかけられて慌てて振り向くと、同じ歳ぐらいの女の子がにこにこしながら立っている。

「私ね、まだキスしたことないの」

「え？」

いきなり何を言われるのかと戸惑っていると、女の子はさらに距離を詰めてきた。

確か、日比野が同じ大学だと紹介してくれた子だ。

「湊くんみたいな綺麗な男の子と、ファーストキスしたいなぁ」

「え、ちょ、ちょっと」

湊は慌てて側の日比野に助けを求めるが、日比野は笑って唆《そそのか》してくる。

「いいじゃん、キスくらい」

「で、でもさ」

「役得《やくとく》だって」

日比野としては、キスくらいと思っているのだろう。目の前の女の子は可愛いし、役得と言われればそうかもしれない。

付き合っていなければキスなど以《もっ》ての外《ほか》というほど潔癖な性格ではないが、それでも初めて会った相手と唇を合わせるのはさすがに少々躊躇われた。

「ね？」

「……」

（ど、どうしよう）

ファーストキスというのが本当に嘘かは判断できないが、ここは空気を壊さないよう、さっとキスしてしまった方がいいのだろうか。そうは考えるが、湊は自分から動くことができない。

その間に女の子は湊の腕を掴んできた。ここまできたら、逃げる方が女の子に悪い気がして、湊の方から手を伸ばそうとした時だ。

「湊っ」

（え……）

音楽と人のざわめきの中、驚くほどはっきり自分の名前を呼ぶ声が聞こえた。その声の主に覚えがあった湊が振り返る前に、腰に回ってきた太い腕に強く抱き寄せられる。

見下ろす目に映るのは着物の袖だ。やはりという思いと共に、なぜか大きな安堵感が湊を包んだ。

「湊はわしのものだ」

少しだけ怒ったような声と共に、強引に掴まれた顎を上向かされる。相変わらず凛々しい顔が間近に迫り、

「んんっ」

避ける間もなく、唇を塞がれていた。

「んーっ、んぅっ」

押し入ってきた舌は強引に湊のものを搦め捕り、息をつく間もなく吸われてしまう。逃げようとしても追いかけてきて、ざらざらとしたその感触に背筋が戦慄《わなな》いてしまった。

注がれる唾液を零さないように飲み込むが、溢れるものは唇の端から零れる。それを舐め上げ、また唇を塞がれて、口中をグチュグチュにかき回されて貪られた湊は、やがて身体から力が抜けてしまい、背後にいる熊五郎に身を預ける状況になった。

永遠に続くと思われたキスがようやく終わり、満足したのか熊五郎が唇を離してくれた時、湊は反射的に文句を言おうと口を開きかけた。しかし、唇が痺れてしまったのか、パクパクと開くだけで声は出てこない。

「……誰？」

最初に口を開いたのは日比野だった。

その目は、突然現れた着物姿の熊五郎に驚いているようだ。

「え……と……」

「わしは熊五郎だ」

「熊五郎？」

「お前はひびのか」

熊五郎が日比野の名前を憶えていたことに驚いたが、それ以上に何を言おうとしているのか想像して慌ててしまい、湊は思わず腰にある腕を掴む。そんな湊の仕草に目を細めた熊五郎の顔が思いのほか優し気で、次の言葉が出てこなかった。

「日比野だけど……」

空気を読んでいるのかどうか、日比野がそう答え、熊五郎の視線が再び日比野に向けられる。

「湊のすべてはわしのものだ。手を出すな」

「え……って、それ……」

日比野が湊を見た。その目は、本当なのか嘘なのか、探るようなものだ。

もちろん、自分のすべてが熊五郎のものではないというのは事実だが、今の湊には反論する気力がない。

違うと言わない。それはもう、事実と取られてしまったらしい。

「なんだ、そっか。湊はそっちなのか」

「日、日比野」

「大丈夫、俺、そっちの友達も多いし。そうだよな、湊、可愛い顔してるし。そう考える方が納得できるっていうか」

何やら早々に己の中で理解し、それ以上を先取りして考えている日比野を止めたかったが、熊五郎がそうだとさらに油を注いだ。

「湊が愛らしいのは事実だが、お前が言うことは許さん」

明らかな独占欲を含んだ言葉に顔が熱くなった。そして、そんな湊の顔を見て、日比野がさらにからかってくる。

「いやあ、愛されてるな、湊」

「いや、ちょっと、あのな」

「ね、ねえ、これって」

置いてけぼりの状態になった女の子が、訳がわからないという顔で日比野に尋ねている。

「この人、湊のカレシだって」

「えぇーっ！」

「よし、湊のカレシに乾杯しようぜ」

湊と熊五郎のキスを見たのは日比野と女の子だけだったが、いつの間にか周りに騒ぎが伝染してしまい、あっという間に十人近くが酒を持って集まってきた。こんなことで注目されたくない湊は慌てるものの、認められたと思ったらしい熊五郎は泰然《たいぜん》としてグラスを受け取っている。

「熊五郎っ」

「なんだ？」

そのくせ、湊を見下ろす眼差しは優しい。そのギャップに、側の女の子たちが歓声を上げた。どうやら、ここでも熊五郎のイケメンぶりは強烈な効力を発揮しているらしい。

（ちょ……どうなってんだよ……）

昼過ぎに家を出るまで、熊五郎はまだ木彫りの熊の中にいて、湊とは冷戦状態だったはずだった。それが、いつの間にかこんなところまでやってきて、いきなりキスをしてきたかと思うと「俺のもの」宣言までしてしまった。

湊自身はまだ自分の気持ちでさえ整理できていないというのに、周りの盛り上がりが凄すぎて口を挟むことができない。

「熊五郎って、イケてる名前ですね」

特に、日比野は嬉々《きき》として熊五郎に話しかけている。その物言いが面白いらしい。

「お前は二度と湊に手を出すな」

「出しませんって。俺、女の子が好きだし」

顔を寄せるようにして話している熊五郎と日比野。

どう見たって熊五郎の存在自体怪しさ満載なのに、日比野も度量があるというか……多少おかしなことも受け入れてしまうのか、会話が続いていることが不思議だ。

ただ、その間も熊五郎は湊の身体を離さない。太い腕で腰を拘束されている状態の湊は、向けられる好奇の視線が恥ずかしくてたまらなかった。

「熊五郎っ、離せってば」

「嫌だ」

「嫌って……」

「離さない」

「ちょ、ちょっとっ」

一週間も湊から逃げていたヘタレのくせに、こんなにも強引な態度を取られてかえって戸惑ってしまう。

それでも、この状況をなんとかしなければと熊五郎に詰め寄ろうとした湊は、にやにやとしながらこちらを見る日比野の視線に気づいて眉を顰めた。

「……なんだよ」

「仲が良いなって思ってさ」

「……どこが」

これでは、どんなに説明したとしても日比野は目の前で起こったことしか受け入れないだろう。そもそも、熊五郎が付喪神という説明をしない限り、現状を正しく説明するのなんて無理なのだ。

湊はちらりと隣の熊五郎を見上げる。すると、じっとこちらを見ていたのか、見下ろす熊五郎の目と合った。

「……っ」

その目は真っ直ぐで、湊への愛情に溢れている。……こんなことを言うのは自意識過剰かもしれないが、熊五郎は嫌になるほど湊しか見ていない。

それがくすぐったくて、それでも嫌な思いはしなかった。

湊は熊五郎と並んで電車に乗っていた。

日比野はオールに行こうと誘ってきたが、熊五郎があれ以上煩い場所にいたくないだろうと思い、断った。いや、湊が、熊五郎とちゃんと話をしたくて、家に帰ると言ったのだ。

「……不便だろ」

湊の自宅に向かう電車の最終便は既に出ていて、しかたなく都内のアパートに帰ることにした。

平日なので会社員風の男女の姿が目立つが、彼らの視線は一様にこちらを向いている。見るからに大学生の湊はともかく、着流し姿の熊五郎は奇異に映っているのだろう。しかも、熊五郎はイケメンで、そうでなくても異性の視線を集める。

だが、当の熊五郎はまったく他人の視線を気にしていなかった。むしろ、煩そうに首を振って、事あるごとに目が合うほど湊を見ている。

（……恥ずかしいんだって）

他人から、自分たち二人はどう見えているのか気になるが、それを口に出すこともない。所詮《しょせん》、今の湊も、熊五郎のことだけが気になっているのだった。

「湊？」

「……んぁ？」

「不便とはなんだ？」

途中になっていたことを聞かれ、湊はああと頷いた。

「付喪神なら、ひゅって家に帰れるんだろ？　俺に付き合ったら、長い時間電車に乗って、歩いて帰らないといけないし」

「それだけ長く、湊と共にいられる」

「……時間の無駄って思わないのか？」

「思うはずがない」

周りに声を聞かれないよう、どうしてもお互い顔を寄せるようにして話す。身長差のせいで湊の方が熊五郎にピッタリと寄りかかる体勢になってしまうが、一々気にしてはいられなかった。

「湊」

「……なに」

「わしは……」

そこで、熊五郎は言葉を切る。中途半端に口ごもられると余計に気になってしまい、湊は催促するよう熊五郎の着物の袖を引いた。

「なんだよ」

「……わしは、迎えに行ってよかったか……？」

「そんなこと気にしてたのか？」

強引にキスまでしてきた熊五郎が、そもそも迎えに来たこと自体を心配しているとは思わなかった。湊は目を丸くして熊五郎を見上げる。その中に揺れるものがあるのがわかり、湊はわざとらしく大きく息を吐いた。

「ここにいるのが答えだろ」

「答え、とは？」

「嫌なら、一緒に帰らないって」

「湊……っ」

隠しようのない歓喜も露《あらわ》に抱きしめられ、湊は慌てて周りを見る。すると、目が合う人々がことごとく視線を逸らしていくのが妙に居たたまれない。

「く、熊五郎っ」

「湊、湊っ」

もうそれ以外言う言葉がないかのように何度も名前を呼ばれているうちに、湊はなんだか絆されてしまった。大きな背中を宥めるように叩くと、身体に回る手はますます強くなっていく。

「泣いてるのか？」

声は震えていないのでわかっていたが、どうしてもからかいたくなっていた。主導権を握りたいというわけではなかったが、心配した分、少しは熊五郎にも恥ずかしい思いをさせてみたい。

「泣いてはいない」

「嘘」

「本当だ。ただ……嬉しくて、たまらない。湊は……湊が、もしかしたら怒って、わしを拒絶したらと考えると……」

熊五郎の言葉にならない想いが押し寄せてきて、湊も言葉に詰まった。

「……馬鹿だな、お前」

「湊」

「ほんと……馬鹿」

電車はまだ最寄り駅に着かない。

それまでもう少しこの居たたまれない思いを続けなければならないが、二人ならばまあいいかと思えた。

第八章　恋咲く熊さんと一緒

久しぶりのアパートのドアを開け、湊はほっと息をついた。

自宅に戻った時も安堵したが、まだ数カ月しか住んでいないこのアパートも、既に自分の城になっているらしい。

「あ、連絡しとくか」

湊は携帯電話を取り出し、母にアパートの方に泊まる連絡をした。夜遊びしてと怒られる予想をし、一応電源を切っておく。

そこで湊は後ろを振り返った。ワンルームのアパートの入口に佇む熊五郎はどう見ても規格外で、なんだか面白かった。

熊五郎は物珍し気に部屋の中を見渡している。玄関から部屋の中は丸見えで、見る場所などないだろうに、興味津々な様子を隠そうともしない熊五郎は、まるで尾っぽを振っている犬みたいだ。

（……熊だけどな）

視線は止めることなく動かすものの、中へ入ってこようとしない。その様子に、湊の方が声を掛けた。

「入れば？」

「いいのか？」

「そこに突っ立っていてもしかたないだろ」

湊が許可を出し、熊五郎はいそいそと中へ入ってくる。だが、狭いキッチンの床に正座をしたかと思うと、両手をついて深く頭を下げた。これはどう見ても土下座だ。場違いだが、とても綺麗な土下座の姿にしばらく見惚れてしまった。

前にもこんなふうに謝罪をされたが、その時は土下座ではなかったので、熊五郎にとって無理矢理セックスしたことはかなりの罪悪感を持っているということなのかもしれない。

（……馬鹿なこと考えてるな、俺）

呑気に思い出している場合じゃないと思いながら、湊は熊五郎を見下ろす。

しかし、熊五郎はいつまでたっても頭を上げない。

「熊五郎」

「……」

「おいって」

声を掛けても、熊五郎の体勢は変わらず、湊はしかたなく側にしゃがみ込んだ。

長い髪が垂れかかり、熊五郎の顔は見えない。手を伸ばして髪をかき上げてやると、床についた熊五郎の指先に力が込められたのがわかった。

「それ、なんの真似だ？」

わかっていたが、あえて尋ねてみる。

「なんで土下座してんの？」

「……湊に、ひどい真似をした」

振り絞るように言った熊五郎は、拳を握りしめた。

「嫌がる湊を、力でもって犯した」

「お、犯したって……」

確かに、湊の意思など関係なく襲いかかってきた熊五郎だが、湊自身今となっては最終的には受け入れたと自覚している。痛くて辛くて、泣きそうになったのも事実だが、熊五郎を恨む気持ちは生まれなかった。

そこが甘いのかもしれないが、一週間時間があったせいか、湊はあのことを熊五郎のせいだけにできないと思っていた。

「そういう言い方って、その」

「湊の可憐《かれん》な蕾に傷をつけ、尊《とうと》い血まで流させてしまった。薄紅色の液体が敷布に広……」

「わあっ！」

湊は咄嗟に熊五郎の頭を叩く。いくら謝罪だとはいえ、これ以上生々しい事実を口にされたくはなかった。あの後、下肢の痛みというか、尻の穴の擦過傷を治すのに恥を忍んで薬局に薬を買いに行き、手探りでそれを塗ったことまで思い出してしまって、湊は耳まで熱くなった。

「湊……」

「とにかく、顔を上げろ」

少し怒った口調で言えば、熊五郎はやっと頭を上げる。しかし、辛そうに顔を歪め、唇を噛みしめている様は痛々しくもあった。

「ちゃんと、俺の顔を見て言えよ」

「……湊」

「……」

「湊……申し訳なかった」

その言葉は、ちゃんと誠意が込められている。それを感じた湊は、熊五郎の謝罪を受け入れた。

「わかった、許す」

「本当に？」

「俺が腹を立てていたのは、お前がさっさと逃げ出したからだ。そりゃ、あんなこと……初めてで、俺だって混乱したけど、でも……許す」

床についた手を離そうと手を伸ばした湊は、いきなり手首を掴まれて身体が震える。振りほどこうとしたが、熊五郎の力は思いがけず強かった。

「お、い」

「無理矢理犯したのは謝る。だが、湊、お前を愛しいと思う気持ちは謝罪しない」

直前までの情けない姿は一変、湊を見据えて言う熊五郎の顔はとても真摯で凛々しく、思わず胸がざわめいてしまう。

不思議なのは、嫌だとか、不快だとかの感情がまったくないことだ。

熊五郎は男で、何より人間ではない。そんな相手に好きだと言われ、どこか嬉しく思う自分はおかしいのではと戸惑ってしまうほどだ。

「あ、あのさ」

「湊」

だが、触れる肌は現実で、あの夜、湊を貫いたものものとても熱かった。キスをして、セックスまでして、それでも相手が人間ではないからなんていう理由は通用するのだろうか。

「湊、お前を好いている。お前のすべてを慈《いつく》しみたいし、わしのものにしたい」

「熊五郎……」

湊の揺れる気持ちをわかっているかのように、熊五郎はさらに言い募った。

「お前が欲しい」

「……」

「湊」

「な……に、言ってるんだよ、俺なんか……」

（……俺……）

きちんとした謝罪をしてくれたかと思うと、それでもなお欲しいのだと熱く告げられ、湊はぎこちなく視線を揺らす。

「嫌か？　わしを厭《いと》うているか？」

「……そんなの……」

息苦しい。胸の鼓動が驚くほど速くて、自分の動揺にさらに焦った。心を占める熱いものにどんどん気持ちが引っ張られていくようで、怖くて、どうしたらいいのかわからない。

「あ……」

動揺している間に、湊は熊五郎に抱きしめられていた。伝わってくる熊五郎の速い心臓の鼓動は、まるでこの男が自分と同じ人間なのだとでも言っているかのようだ。

（……くそっ）

人間ではない付喪神に、それも男に、こんなことを言われて自分は確かに喜んでいる。終わっていると思う一方で、誰もが見惚れるこの男が自分だけを見ていることに、言葉にできない優越感さえ感じてしまう。

それが熊五郎と同じ想いなのか、正直言ってまだわからない。それでも、このまま熊五郎を手放すことも突き放すことも、既にできなくなっていた。

「俺……」

きちんと告げてくれた熊五郎に、湊からもきちんと言わなければならない。ただ、「好き」とか「愛してる」という言葉は違う気がする。

迷っていた湊は、尻ポケットに入れたままの携帯電話が鳴っていることに気づき、緊張しすぎる空気を一蹴するために慌てて出てしまった。

「も、もしもしっ」

『湊？』

「日比野？」

それは、さっき別れたばかりの日比野だ。なんの用なのかと思ったが、電話の向こうの日比野の声は笑っている。

『どうだ？　熊さんと上手くいってるか？』

「は？」

『いやぁ〜、あのインパクトがどうも忘れられなくってさ。邪魔だと思ってもつい連……』

「……あ」

日比野の話を最後まで聞く前に取り上げられた携帯電話は、しっかりと通話を切られてベッドの上に放り投げられた。

勝手なことをしたのは熊五郎だというのに、その顔は面白くなさそうだ。

「電話……」

「わしとの話が終わっていない」

それはそうだが、電話を切るまでしなくてもいいはずだ。……文句を言わなくてはいけない場面だが、湊はこみ上げてくるむず痒さに口元が緩んだ。あからさまな嫉妬は熊五郎の想いをさらに後押しをして、結局湊を丸め込んでくる。

「……くそっ」

「湊?」

「最初からやり直しだからな」

一方的なものではなく、お互いの同意の上で。

気持ちは、それからはっきり見えるような気がした。


シングルベッドでは熊五郎の身体は受け止め切れず、どうしようか悩む前に勝手にマットごと床にずり落とされ、湊は恭しくその上に仰向けに寝かされてしまった。

狭い部屋の中いっぱいに、熊五郎の存在がある。覚悟していたとはいえ、居たたまれない緊張感に、この期《ご》に及んで湊は少しでも問題を先送りにしたくなった。

「ふ、風呂に」

「入りたいのか？」

「そりゃあ」

人混みの中に出かけたし、夏なので汗をかいている身体が気になる。いくら一度はセックスした相手だからといって、こんなふうに改まって抱き合うとなると、少しでも綺麗な状態でいたいと思うのは当然だ。

そこまで考えると余計に気になり、湊は腕を上げて自分で匂いを嗅《か》いでみる。少しだけ、煙草の匂いが染みついているようだ。

「やっぱり、風呂入る」

湊はそう言いながら起き上がろうとしたが、熊五郎に肩を押し止められた。

「おい」

「わしは気にならん」

「気にならんって……」

「湊の体液は、すべてわしが舐め取る」

「ちょっ」

そう言うが早いか、熊五郎は剥き出しの湊の腕に舌を這わせてきた。突然のことに驚く湊をよそに、舌は味わうように肌の上を滑っていく。

「く、熊五郎っ」

熊五郎の舌は腕から手首、そして指先へと移動してくる。指の一本一本を口に含まれ、湊は言葉を呑んだ。

熊五郎は言葉だけでなく、本気で湊の身体すべてに舌を這わそうとしているのだ。いくらなんでもそれは恥ずかしすぎるし、大体汚れているとさっきから言っているはずで、そんな身体を舐められたくはない。

だが、このままでは熊五郎は有言実行で突き進んでしまいそうだ。どうすればいいのかめぐるしく考えた湊は、自分から動くことが羞恥を押し殺す最大の方法ではないかと思いついた。

受け身になるからいけないのだ。

湊は片肘をつき、どうにかして半身を起こすと、いまだ湊の指をしゃぶっている熊五郎に言った。

「俺も、するから」

「……」

その言葉に、熊五郎がようやく顔を上げる。

「わしがすべてをする」

「だ、だから、一方的なのはやだって。す、するなら、ちゃんとお互い気持ちよくならないと……」

熊五郎だけが奉仕したら、受け入れてみると思った湊の決意がなんだか尻すぼみになってしまうような気がしたのだ。

湊は不安定な体勢の中手を伸ばし、熊五郎の着物の帯を解こうとした。しかし、着物を着る機会のない湊の手つきはどうしてもぎこちなくなってしまい、結局は緩める程度にしかできない。

「……脱げよ」

しかたなく、本人に脱いでもらうことにした。

「しかし……」

「なんだよ、自慢できる身体だろ」

自分の貧相な身体と比べれば、堂々と人目に晒したっていいくらいだ。

（……それとも）

それなのに、熊五郎は湊の身体の上から身を起こしながら、どこか戸惑った表情をしている。そのわけは、乱れた胸元を直そうとする手つきで見当がついてしまった。

「……別に、毛深くったたっていいじゃん」

「……っ」

はっと顔を上げる熊五郎に、予想が当たったことがわかる。ここまできてまだ気にしている熊五郎が、なんだか可愛く感じた。

「男なんだし、その方が格好良いって」

「……だが、クマは……」

「クマちゃんは、あの見た目だからツルツルの方が違和感ないっていうか……でも、あんたは」

湊は胸元に指を引っかけ、着物の合わせ目を大きく乱した。そこからは以前驚いた胸毛が覗いている。だが、今の湊はそれに違和感を感じるどころか、妙な男臭さに胸がドキドキしてしまうのだ。

(本当に、男とセックスするんだ)

男女の性行為が当たり前だというか、それが大多数の関係だろうが、湊が受け入れようと思ったのは男で、付喪神の熊五郎だ。それを強く感じながら、湊は胸に手を当ててみる。少しくすぐったくて、それでもやっぱりドキドキした。

「嫌じゃないから」

「湊」

「ほら、俺も脱ぐ」

脱がされるのは受け身になりすぎて恥ずかしく、湊は完全に身体を起こしてシャツを脱いだ。ジーンズのファスナーを下ろすのには多少躊躇ってしまったが、それでも止めてしまうということは考えなかった。

湊が服を脱いでいくのを見た熊五郎も、やがて着物を脱ぎ捨てる。褌を取って晒された裸身は剃っていたはずの毛は元通り戻っていた。やはり毛深いものの、逞しい胸板も、引きしまった腰も、そして下肢で堂々と存在感を示すペニスも、何もかも見惚れるほど男らしく、羨ましいほどだった。

「湊」

熊五郎の身体を見た後で、己の貧弱な身体を晒すのは勇気がいる。無意識に下肢を隠す湊を、熊五郎は目を細めて見つめてきた。

「綺麗だ」

「ば、馬鹿」

「湊ほど綺麗な人間を見たことはない」

生真面目な熊五郎の口から出てくる言葉は、お世辞とは思えないから始末に悪い。それでも、綺麗だと思われているのならよかった。

自然と互いの身体に手を伸ばし、下りてくる熊五郎の顔に焦点が合わなくなるまで目を開けていた湊は、熱い吐息を感じて目を閉じた。

「んっ」

すぐに、唇にしっとりと重なってくるそれに自ら薄く開いてみせれば、するりと舌が入り込んでくる。濃厚なキスにはいまだ慣れないが、それでももう逃げることはしなかった。厚い舌に自ら吸いつき、チュッと吸って反応を返す。すると、それ以上の情熱をもって、熊五郎が湊の口中を貪ってきた。散々吸われ、甘噛みされて、力が抜けてしまった湊の腰を熊五郎が支えながら、二人は自然と布団の上に横になった。

「んっ、んぁ」

（く、熊五郎、のっ）

内腿に、熱く硬いものが押し当てられた。ぬるぬるとした感触が腿を擦り上げるのに、湊はおずおずと手を伸ばして掴んでみる。

「……っ」

合わさった唇越しに、熊五郎が息を呑むのが伝わった。湊は顔をずらし、今己が触れているものをまじまじと見つめる。

（すご……でか）

通常状態も凄いのに、臨戦態勢の熊五郎のペニスはもはや凶器だ。あんなものを一度でも自分の中に受け入れたなんて今も信じられない。

（うわっ、ぴくぴくしてる）

手の中のものは、まるで別の生物のように脈動している。自分も同じものを持っているはずが全然別物のように感じ、湊は好奇心で数度手を動かして擦ってみた。すると、手に絡む粘ついた液はどんどん増え、ペニスもさらに一回り大きくなったように思える。

少し恐怖を感じて手を引こうとした時、骨ばった大きな手が重なってきた。

「くまごろ……っ」

「湊……っ」

重なる手で自らを扱きながら、目の前の熊五郎は目を閉じて快感を追っている。その表情はとても無防備で、思わず見惚れてしまった。

「……くっ」

そして、呆気なく熱いものを吐き出した熊五郎は、精液で汚れた湊の指を丁寧に舌で舐め取っている。それが自分の吐き出したものだということは関係なく、湊を綺麗にしようとする想いはまったくぶれないのだろう。

「湊……」

一度吐き出して落ち着いたのか、今度は自分がと言わんばかりに熊五郎は湊の首筋に顔を寄せ、何度も吸いつきながら舌を這わせてくる。それこそ、言葉の通り、全身を舐められる勢いで、湊は押し殺せない声を上げてしまった。

「あっ、や、やだっ」

乳首はもちろん、脇まで舐められるのは恥ずかしい。さすがにむずかって腰を揺らせば、今度は両足の膝裏を持たれ、大きく足を開かれた。ペニスだけでなく、その下の双玉も、いや、そのもっと奥の尻の蕾まで、熱い眼差しで見られてしまうことに、湊は羞恥に全身を赤く染める。

「……可愛い、湊」

「ば、馬鹿っ」

それがどこを見ての言葉かは、男の沽券《こけん》にかかわる。文句を言おうとしたものの、いきなりペニスが生温かいものに包まれてしまい、湊の口からは甘い悲鳴が漏れた。

「あんっ、あっ」

技巧など何もなく、勢いでもって吸いつかれ、先端部分を歯で刺激されてすぐ、湊は我慢できずに射精してしまった。溢れ出るそれを喉を鳴らして飲み込む熊五郎に、止める言葉は出てこない。

（俺……できるかな……）

熊五郎がしてくれた口での奉仕を自分もしなければならないかと思いながら起き上がろうとしたが、熊五郎は一向に湊の下肢から顔を上げない。そればかりか、それまでペニスを舐めていた舌が移動し、双玉を口に含まれて転がされる。

「そ、それっ、駄目っ」

「……」

拒否すれば止めてくれると思った。熊五郎は双玉に執着しなかったが、あろうことか舌はそのまま尻の狭間《はざま》を舐めてしまう。

「止めろっ」

さすがにそこまでと強く拒否したが、腿を押さえる熊五郎の手の力は一向に弱まらず、そのまま尻の蕾の表面を舐められ、湊の羞恥は頂点に達した。

「ひゃぁっ」

(う、嘘だろっ)

お互いペニスを愛撫した後、また強引に熊五郎が押し入ってくるのだと思っていた。覚えている限り痛かったし、強烈な圧迫感に気が遠くなりそうだったが、本来セックスするはずのない男同士だからそれくらいの痛みは当然なのだろうと漠然と考えていた。

だからこそ、熊五郎がこんなところまで愛撫しようとしているのが信じられない。

「く、くまごろっ、そこっ、やだって!」

「ここを解さねば、また湊を傷つけてしまう」

ようやく顔を上げたかと思うと、熊五郎はそんな突拍子もないことを淡々と告げてくる。

「ほ、解すって、えっ、ちょっ」

「湊のここを舐め濡らし、とろとろに蕩《とろ》かしてからわしを受け入れてもらう。湊、しばし我慢してくれ」

「我慢って、あふっ」

尻の中に、舌が入ってきた。

(う、うわっ)

身体の中を舐められているという状況に頭が混乱し、どうにかして熊五郎を引き離そうと長い髪を鷲掴《わしづか》んだ。

——だが。

「！」

にゅるりと舌が動く感触に、再び下肢に熱が集中する。引き離そうとした手が反対に己に押しつける格好になったことに、湊は気づかなかった。

(き、気持ち、いっ、とかっ)

舌と共に、指が入ってきたのもわかる。中を押し広げようとするそれに合わせるようにペニスも擦られ、身体がぐちゃぐちゃに溶けていくようだ。

耳に響くのは荒い自身の息遣いに、淫らな水音。下肢はもう熊五郎の唾液と自分の体液でドロドロで、こんなにも生々しい行為をしているのだと強烈に自覚した。

擦って出すとか、入れて出すとか、そんな簡単な話ではなく、お互いが蕩けるまで愛撫し合い、その上で身体を重ねるのがセックスなのだ。

気が遠くなるほど長い時間、湊はそこを愛撫され続けた。身体からはすっかり力が抜け、もはや熊五郎の手中で喘いでいることしかできない。

「……湊」

「……く、ま」

どのくらいたったか、熊五郎が身体を起こした。その唇は濡れていて、目の中の欲情の炎はさらに増している。

胸や腹の毛は汗でしっとりと濡れているようだが、熊五郎はそれを隠そうとはしなかった。己の中でそれも自分の一部なのだと、いや、湊が受け入れたことで、自信にさえなったのかもしれない。

「……」

「……」

視線を合わせただけで、湊は熊五郎が次に何を言いたいのかわかった。

「……い、よ」

力が入らない足をさらに開き、手を伸ばして熊五郎を誘う。

「湊」

嬉しそうに目を細め、精悍《せいかん》な顔を緩めた熊五郎が伸し掛かってきて、尻の奥に濡れたものが何度も擦りつけられるのを感じた。

「入れるぞ」

微かに頷くと、ぐにっと入口が押し広げられる。それは時間を掛けて、徐々に徐々に湊の蕾に入り込んできた。

「ん……あっ！」

（苦し……っ）

痛みよりも、圧迫感が湊を襲う。

「湊、湊、痛うないかっ？」

「……くぁっ」

（痛い、けどっ）

苦痛は確かにあるが、我慢できないほどではない。それよりも口から出そうなほど長大なそれに、身体の中がいっぱいになってしまうことが怖い。

（あんなのが、入ってるんだもんな……っ）

脳裏に浮かぶ凶悪なそれを思い出すと怖くなるので、湊はただ与えられる感覚だけを追うことにした。苦しいし、痛いが、それよりも疼《うず》く感覚が下肢を襲ってくる。

熊五郎は、たっぷり受け入れる場所を解してくれていた。きっと、そのおかげで二回目だというのに、湊の身体は痛み以外のものを感じ取れるようになったのだろう。

（熊五郎……）

霞《かす》む目を必死に開けば、目の前の熊五郎の顔が歪んで見えた。必死に自分を貪っている男の

顔。本当に、心から欲しがられているのだと思うと、湊の中に温かな感情が生まれた。

貫かれているのは自分の方なのに、反対に熊五郎を抱きしめている気分だ。それだけで男のプライドがくすぐられ、笑った拍子に中のものを締めつけたらしい。

「……くっ」

中に、熱いものが迸ったのがわかった。

「……え」

「……」

「……もしかして、イッた？」

「……」

熊五郎の眉間の皺が深くなる。本意ではないとその表情で告白しているみたいだ。早いかどうかは別にして、まだ腹の中いっぱいに我が物顔で存在しているものがある。

中に吐き出されたものも気になって、一度引き出してもらおうと声を掛けようとした時だ。

「……足りん」

「くまご……」

「湊っ」

「んあっ！」

次の瞬間強く突き上げられ、湊の身体は大きく跳ねた。

「ちょ、く、くまっ」

「湊が欲しいっ」

先ほどまで湊の反応を探るようにゆっくりと動いていたのに、熊五郎はまるでたがが外れたかのように激しく律動を始めた。内壁のあちらこちらを擦り上げられ、突かれ、湊は喘ぎ声を止められない。

「あっ、あふっ、んぁっ、やぁっ」

中で吐き出されたもののおかげか動きはスムーズなのに、どこもかしこもいっぱいで、苦しい。

しかし、気持ちがいいのだ。

密着した下肢も、息継ぎの合間のキスも、すべてが気持ちよくて、甘くて、熊五郎と一体になっていることが嬉しい。

湊は必死に熊五郎に抱きつきながらその肩に噛みついた。

「……っ」

その拍子に、中のものがさらに大きくなる。

(くそ……っ)

自分がこんなにもセックスに溺《おぼ》れるなんて想像もしていなかった湊だったが、今は熊五郎と快感を分かち合うことで頭がいっぱいだ。

「湊、湊っ」

「く、くまごっ、ろっ」

自分の中の熱が集中し、浅い個所を突かれた瞬間に一気に吐き出した。

その時、中の熊五郎を強く締めつけたが、それを押し切り、さらに湊を貪る律動は激しくなる。内壁はそんな熊五郎のペニスを絞るように締めつけ、まるで互いを感じさせようと勝負しているような錯覚に陥《おちい》り――。

「あぁ！」

「！」

最奥を擦り上げられた瞬間、先ほどよりも大量のものが湊の中をしとどに濡らした。

随分長く、射精していた。

荒く息をついた熊五郎は、湊を見下ろしてくる。その目の中には気恥ずかしくなるような優しさが見えた。

「……わしのものだ」

確かめるように言う熊五郎に、湊は笑った。まだそんなことを言う熊五郎が子供っぽくて可愛い。

「ば……か」

「……」

「お前が、俺のもの、だよ」

そう告げた熊五郎がどんな顔をしているのか見たかったが、疲れ切った湊はそのまま目を閉じてしまった。


幼い自分が、満面の笑顔で笑っていた。

「なまえはね〜、くまごろー」

「くまごろう？」

「うん、つよそうでしょ」

湊がそう言うと、祖父は穏やかに笑みながらうんうんと頷いてくれる。

「いい名前をつけたな。じゃあ、自分で名前を書くか？」

「うん！」

祖父にひらがなを教えてもらい、木彫りの熊の足に一生懸命名前を書いた。たったそれだけで、この格好良い木彫りの熊が自分だけのものになったようで本当に嬉しかった。

書いた名前を何度も撫で、湊は祖父の家にいる時間は毎日熊五郎に話しかけていた。

「おれのだよ」

何度も何度も、熊五郎を撫でた。

「おれの、くまごろー」


(そっか……あの頃から、熊五郎は俺のものだったんだ)


「湊」

「……」

「湊、大丈夫か？　わしが洗って……」

「いいっ」

アパートの狭い湯船に浸かりながら、湊はどうしようもない羞恥に耐えていた。

嵐のような……そう言ってもいい熱が冷めてしまうと、裸で熊五郎に抱きしめられている状況がどうにも恥ずかしくてたまらなかった。

後始末など知らない熊五郎は、湊の尻の中に吐き出した己のものを満足げに指でかき回していて、湊はその頭を軽く叩いて風呂に飛び込んでしまった。

「あ、あんなこと……」

（どうかしてたのか、俺……）

「……うわっ」

乱れた己を思い出すのは怖いが、不思議と熊五郎とのことを考え直すつもりにはならなかった。昨夜、熊五郎と抱き合ったのは確かに自分の意思で、ちゃんと自覚している。いろいろ問題はあるだろうが、次は二人で話して考えればいい。

「湊、寝ていないか？」

扉の向こうから、熊五郎が必死に声を掛けてきている。うっすらと見える影から、まだ裸だということはわかった。湊とは違い、裸身に羞恥はないらしい。それどころか、湊が毛深いことを認めてから、妙に堂々としているのがなんだか……生意気だ。

「湊」

先ほどまで小さな布団でくるまっていた熊五郎は、まだいろんな互いの体液で汚れているまだ。

「……入れよ」

「え……」

「一緒に入って、洗ったらいいだろ」

湊の言葉が終わると同時に、勢いよく風呂場のドアが開く。

「湊！」

「！」

熊五郎のもじゃもじゃの下肢と、緩く勃ち上がっているペニスがもろに見えてしまい、湊は思わず叫んでしまった。

「少しは隠せ！」


お互いの想いを交わし、身体を重ねた翌日は湊の腰が立たなかった。

人間である湊は移動が大変なので、熊五郎はもう一泊することを提案し、実際歩くこともままならない湊は渋々のように頷いてくれた。

あわよくばその夜も……そう思わなかったとは言わないが、湊と二人きりの空間にいるだけで嬉しく、熊五郎はできるだけ世話をした。

そして。

「……」

「……」

「……今、帰った」

「見ればわかる」

さらに翌日、まだ本調子でない湊の身体を支えるようにして帰宅した時、時刻は既に昼を過ぎていた。

湊の両親は仕事でおらず、沙紀もぶかつとやらに行って留守だった。

出迎えてくれたのはクマだ。

随分下から熊五郎をねめつけるように見上げてくるクマの言いたいことはわからなくはない。情けないがクマの後押しがあり、湊を追って、ようやくその心も身体も手に入れることができた。

クマからすれば、そこまで考えていなかったかもしれない。湊と番ってしまったことは抜け駆け以外の何物でもないだろうが、熊五郎はようやく手に入れた愛しい湊を、たとえクマ相手でも分け与えることはしたくなかった。

「クマちゃん、ただいま」

睨み合う自分たちに気づいているのかどうか、湊はクマに対して笑いかける。

(そ、そんな、可愛らしい顔など向けなくてもいいのにっ)

「お帰り、湊」

そう返したクマは、湊に向かって両手を差し出した。

「……」

一瞬、困ったような顔をした湊はその場に屈み、クマを抱きしめる。

「ごめん、ちょっと抱き上げられなくて」

「どうして？」

「どうして……って、ちょっと、腰が」

「腰？」

「ちょっとだけな」

湊の視線が背後の自分へと向けられた。そこには非難するような色があったものの、湊が自分の存在を忘れていなかったことに満足する。

「抱き上げなくてもいいだろう。クマも小さくはない」

「いいじゃん、俺がしたいんだし」

「したいって、湊」

湊はクマの柔らかな髪をくしゃりと撫で、そのまま中へ入っていく。

玄関に立ちっぱなしだった熊五郎もそのあとに続こうとしたが、鈍い痛みにふと振り返った。

小さな足に、足を踏まれたのだ。

「なんだ」

「獣め」

「……」

「湊をあれほど色疲れさせるとは。手加減を知らぬ阿呆か」

辛辣な物言いに反論したいのは山々だったが、少々やりすぎてしまった自覚のある熊五郎はおとなしく批判を受け入れた。

「湊が二度と触れさせないと言っても知らんぞ」

「そんなわけはない」

「熊のくせに、自信があるのか」

やりすぎはしたものの、湊は確かに感じていた。淫らに熊五郎の陰茎を根元まで飲み込めたし、中は蠢いて快楽を貪っていた。

既にあの時の快感を覚えている湊が、二度と熊五郎と身体を合わせないなどと言うはずがない。むしろ、もっとしてほしいと、毎夜ねだられてしまうかもしれないと、嬉しい悩みを抱いているくらいだ。

自然と顔がにやついてしまったのを見たのか、クマがわざとらしい大きな溜め息をついた。

「ぬか喜びでないといいがな」

「なに」

「クマちゃん？」

中から湊の声がする。

「今行く」

熊五郎に対するのとはまるで違う愛らしい声で返事をしたクマが、もう一度足を踏みつけてさっさと行ってしまった。

「……くそ」

痛みはあまりないが、クマの言葉は引っかかる。

（ぬか喜び……）

「……まさか」

絶対にそんなことがあるはずがない。

（湊のすべてはわしの……）

胸の中がざわざわする。

「……大丈夫だ」

そう言い聞かせながら、熊五郎は一向に自分を呼んでくれない湊の姿を求め、早足でクマのあとを追った。

終章

夏休みだが、まったく課題がないわけではない。

まだ大学一年生の湊にとって、この長期休みも大事な時間だった。

クーラーがついていない自室から下りて居間でノートを広げていた湊は、しばらく我慢したものの眉間に皺を寄せて低く言った。

「暑い」

「くーらーはついているぞ」

呑気な声が真後ろから返ってくる。

「せんぷうきもつけるか?」

続いて、愛らしい声が隣からした。

「いや……だから……」

(あんたたちが問題なんだけど……)

元は木彫りの熊と、小さなぬいぐるみ。

しかし、今は大柄な身体の毛深い男と、子供体温の少年だ。ぴったりと引っつかれていては熱くてしかたがないと文句も言いたくなる。

（甘やかした俺が悪いのか……）

床に座り込んだ湊の身体を後ろから抱きしめてくる熊五郎とは、あれから二回、セックスをした。アパートではなく自宅なので、家族やクマちゃんに知られないよう昼間からの行為だった。

互いの身体が丸見えで、隠すまでもなくすべて晒された状態での行為は刺激的で、湊自身少し慣れたのか、早々に快感を拾うことができた。

熊五郎の方は毎夜でもセックスしたいらしいがとても体力がもたないし、溺れてしまいそうで少し怖い湊はこれでも十分だ。

クマちゃんも、湊に引っついてくるのをやめない。

熊五郎のようにいかがわしい意思のない接触なので嫌ではないのだが、熊五郎とセックスしている身では少々後ろめたい気持ちがあった。それに、もしかしたらあれから自分の《気》も変わってしまったのではないかと心配もしている。

「汗」

「え!?」

突然熊五郎にうなじを舐められ、湊の身体は震えた。

「な、何するんだよっ」

「そうだぞ、阿呆め」

クマちゃんはそう言って、恭しく湊の手にキスをする。

「クマッ！」

「我はお前とは違い、親愛の情しかない」

「だからといってっ」

「……ちょっと、邪魔するなら別の部屋に行け」

湊が諫めれば、二人の喧嘩はすぐに止む。そこだけ見れば主導権は自分にあるのだが、やはりどこか釈然《しゃくぜん》としない。

「……ったく」

(今のうちにちゃんとしないと)

いずれ、夏休みが終われば湊は都内に戻らなければならない。その時は、熊五郎とクマちゃんも連れて行くことになるだろう。

第三者の目が届かなくなった時に怠惰で淫らな生活を送らないよう、今からきちんと熊五郎を躾《しつ》けておかなければならない。

(……大変そう……)

前途多難な未来を思い、湊は溜め息をついた。

一方、熊五郎も考える。

湊との性交はとても気持ちがよく、このまま永遠に繋がっていたいとさえ思う。

「……」

湊の綺麗なうなじに浮かぶ汗に舌を這わせ、愛しい者はこんなものまで甘いのだと悦《えつ》にいった。

クマの前では一応牽制してくるが、すべてを熊五郎に与えてくれる湊の愛情を疑うことはもうない。熊五郎に注がれる《気》は日々甘さを増し、力は強くなっていたからだ。

だからこそ、熊五郎は思う。

この先も湊と共に生きるため、どうにかして人間になれないかということを。

神は、熊五郎を人間の愛情で付喪神にしてくれた。それならば、湊の溢れる愛情で、熊五郎を人間にしてくれることもできるのではないか。

その方法はまだわからないが、熊五郎は新たな希望に満ちていた。

「……もうすぐだ」

その前に、楽しみがまだある。この夏季休暇が終われば、湊はあぱーとに戻るのだ。

そうすれば今よりももっと、もしかしたら毎夜、あの甘い身体を味わえるかもしれない。声を押し殺す湊も色っぽいが、奔放《ほんぽう》に乱れる姿も見てみたい。

(早く時間がたたないか……)

付喪神になってから、時間はとても緩やかに流れていた。しかし、今ほど早くと思うことはなかったとむず痒く思いながら、熊五郎は呆れたクマの視線をよそに、湊の頬にくちづけを落とした。

終

あとがき

こんにちは、ｃｈｉ－ｃｏです。今回は「可愛い彼は付喪神さま」を手にとっていただいてありがとうございます。

付喪神の熊五郎《くまごろう》と大学生、湊《みなと》の恋。人外なので色々と問題はあるでしょうが、湊がしっかりしているのでこの先も大丈夫じゃないかと思います。

イラストは、すがはら竜《りゅう》先生。ヘタレなくせにイケメンな熊五郎。あまりにも格好良く描いていただいたので、その性格が申し訳ないくらいです。湊もクマちゃんも可愛くて、みんなが揃っているカバーイラストが楽しくて、本当に幸せな気分にしてもらいました。

熊五郎とクマちゃん。二人の付喪神が末永く湊と共にいられるよう、皆さんも祈ってくださいね。

サイト名『your songs』　http://chi-co.sakura.ne.jp

LiLiK Label

この本を読んでのご意見、ご感想などをお寄せください。
chi-co 先生、すがはら竜先生へのお便りもお待ちしております。
〒162-0814 東京都新宿区新小川町 8-7
株式会社ブライト出版　LiLiK 文庫編集部気付

リリ文庫
可愛い彼は付喪神さま

2017年5月31日　初版発行

著者　chi-co
発行人　柏木浩樹
発行元　株式会社ブライト出版
〒162-0813　東京都新宿区東五軒町3-6
電話03-5225-9621(営業)
印刷所　株式会社 誠晃印刷

本書のコピー、スキャン、デジタル化等の無断複製は
著作権法上の例外を除き禁じられています。
落丁・乱丁本は LiLiK 文庫編集部宛にお送りください。
送料は小社負担でお取り替え致します。
定価はカバーに表示してあります。

ISBN 978-4-86123-719-5　C0193
©chi-co 2017
Printed in Japan

リリ文庫7周年　特製ミニクリアファイル♥

リリ文庫5月刊「可愛い彼は付喪神さま」をご購入いただいた方に、特別に口絵とカバーの両面を使用した"特製ミニクリアファイル"を応募者全員にプレゼント!!

★文庫の帯についた応募券1枚（コピー不可）を貼った応募用紙と、82円切手を同封のうえ、下記応募先へお送りください。

◆応募に関する注意事項◆

・応募券はコピーでのご応募の場合は全て無効となります。また、応募要項に添っていないご応募も無効とさせていただきます。無効となった場合、返送はいたしかねますのでご了承ください。

・封筒１通につき１つのお申込み受付となります。複数のご応募を同封してのお申込みはご遠慮ください。

・82円以上の切手を同封されても、差額分はお返しできません。

・発送は、2017年10月頃から順次行う予定です。応募状況によって発送が遅れる場合もありますので、あらかじめご了承ください。

◈応募締切：2017年8月31日（当日消印有効）◈

応募先……　〒162-0814　東京都新宿区新小川町 8-7
リリ文庫編集部「7周年特製ミニクリアファイル」係

リリ文庫7周年フェア開催
特製ミニクリアファイル♥　**応募用紙**（コピー可）　**＆応募券**（コピー不可）

キリトリ線

住所
（〒　　　ー　　　）

フリガナ
氏名　　　　　　様

キリトリ線

住所（〒　　　ー　　　）

様

フリガナ
氏名

☎（でんわ）

2017年
リリ文庫
7周年フェア
応募券を
貼って下さい